新语文名家散文精选
谭陷方 主编

表里山河经行处

张玉 著

山西出版传媒集团
北岳文艺出版社
BEIYUE LITERATURE & ART PUBLISHING HOUSE
·太原·

图书在版编目(CIP)数据

表里山河经行处/张玉著.—太原:北岳文艺出版社,2021.8
(新语文名家散文精选/谭曙方主编)
ISBN 978-7-5378-6231-8

Ⅰ.①表… Ⅱ.①张… Ⅲ.①散文集—中国—当代 Ⅳ.①I267

中国版本图书馆CIP数据核字(2020)第107014号

表里山河经行处
张玉 著

//

出 品 人
郭文礼

策 划
续小强 赵 婷

责任编辑
张 丽

封面设计
萨福书衣坊

封面绘图
南塘秋

印装监制
郭 勇

出版发行:山西出版传媒集团·北岳文艺出版社
地址:山西省太原市并州南路57号
邮编:030012
电话:0351-5628696(发行部) 0351-5628688(总编室)
传真:0351-5628680
经销商:新华书店
印刷装订:山西人民印刷有限责任公司
开本:787mm×1092mm 1/16
字数:154千字 印张:12.5
版次:2021年8月第1版
印次:2021年8月山西第1次印刷
书号:ISBN 978-7-5378-6231-8
定价:39.80元

本书版权为本社独家所有,未经本社同意不得转载、摘编或复制

序

杜学文

　　随着时间的变化，人从幼儿走向童年、少年。对于生命来说，这也许是一些最纯真、最富于诗意的时光。有家的呵护，有不断发现的新奇世界，有无限的可能性；还不会也不需要掩饰自己，不会也不需要考虑如何才能适应别人、适应社会。也许，从生命的成长过程来看，这是一个还不能也不需要承担责任的时刻，是一个不识愁滋味的时刻，是一个可以任性地放飞自己的时刻。当然，也是一个在潜移默化中被生活影响，并奠定自己未来走向基因的时刻。有很多的想象，很多的希望，很多的选择……但是，随着成长，这些"很多"变得越来越少，甚至成为不得不的唯一。这种想象的力量也许会对人的一生产生极为重要的影响。在很多时候，特别是对于成年人来说，想象似乎是虚幻的，非现实的，甚至是无意义的。但对于人整体来说，失去了想象力却是可怕的。如果这样的话，人们就只能匍匐在地面，而失去了星空，失去了更广阔、更丰富、更多姿多彩的世界——未来的可能性、现实的创造力、内心世界的感悟力，以及对幸福的体验与追求。所以，在人的生活中，除了现实存在之外，仍然需要保有提升情感体悟、净化精神世界、培养想象能力的生活方式。在很多时候，我们需要依靠艺术——当然也包括文学在内来实现这种想象。文学，不仅仅是表现生活的，也是想象生活的——建立在现实生活的基础之上，对未知世界与未来生活的理想构建。这种想象力的培养，也许在人的童年与少年时代更为重要。

实际上，每个人都在想象中成长、变化。在成人的世界里，这种想象越来越被现实生活所规定、制约。当一个人成为学生的时候，非学生的生活就不存在了。他必须在学生的前提下选择未来。但选择了通过读书来改变人生的时候，非读书的可能性也不存在了。尽管选择是对现实利弊的权衡，但仍然是对未来可能性的想象。当然，想象并不局限在这样的选择之中，人还有很多非现实的想象——对艺术世界的虚构，以及对不可知世界的精神性营造等等。前者可能会更多地影响人的情感，而后者则更多地影响人的创造。

事实上，每一个人在其幼年时期都会有想象的努力——自觉的与不自觉的。以我自己的经历言，曾经想象时间的停滞，希望知道时间停滞之后会发生什么。结果是时间并没有停滞，停滞的只是自己的某种状态。在我家乡村外的山脚下，有一条河。河中一个很小的瀑布下聚满了水。那水是深绿的，有点深不见底的感觉。我们那里把这样的地方称为"龙潭"，就是河中水很深的坑。旁边有一个石头垒起来的磨坊，里面有一座水磨——利用瀑布的落差来推动石磨。大人们说，这龙潭很深，一直能通到海底的龙王爷那里。我不太理解如何从太行山的地底通往大海，也不知道假若到了大海会怎么样，但却希望能够有一条龙带着我去看看大海。这大海与龙宫就成为幼年的我对未知世界的想象。

人的想象力当然是建立在社会生活之上的。如果没有听过大人们讲龙王的故事，就不可能去想象龙宫的景象。这种社会生活也隐含了人的价值判断与情感选择。当人们在其成长的幼年时代，能够更多地接受积极健康的价值观，接受良好的情感表达及其方式，其想象力将向着更美好、完善、向上的方向发展。人会在无意识中选择那种积极的表现方式。这也许会影响人的一生。就是说，在人成长的初期，想象力及其表现方式是非常重要的。

也许人们意识到了这种重要性，出现了很多希望能够满足童年或者少年人群精神需求的活动。游戏、体育、劳动、阅读，以及相关的艺术活动，包括文学阅读与创作活动。据说那些非常著名的作家往往会写一些少儿作品。而那些儿童文学作家则被认为是"最干净"的职业人群。正是他们，在那些如白纸一般的人心中绘画。他们使用的颜色、图案、创意将深刻地影响人的未来。而人们总是希望自己的未来将更为美好。

从这样的角度来看，北岳文艺出版社策划出版一套《新语文名家散文精选》就有了非常特殊的意义。这并不是一般的作家散文创作结集，而是有明确的目的指向——为那些正在成长的读书人提供可资参考的读本——它主要不是为了体现作家在艺术领域的探索创新，不是为了研究某个创作领域的来龙去脉，也不是为了让人们获得知识——当然我们也不能排除这样的功能。但无论如何，其核心目的是要为培养孩子们的想象力、审美能力提供一些看起来感到亲切的范文。至少会使读书的同学们能够在写作上有所参照。这是很有意义的。

从体例设计来看，也非常有效地体现了这种目的。这套书选择了十一位作家的散文作品。他们分别生活工作在山西的十一个地级市，有某种地域意味在内，也会强化读者"在身边"的认同。这些作家，大部分我都有接触，基本上了解他们的创作情况。其中有成果颇丰的老一辈作家，也有风头正健的中青年作家。他们的文学贡献也主要体现在散文领域。这对读者的阅读来说有很强的针对性。在每一篇作品的后面，还邀请各地从事教学的名师进行点评，以帮助读者更好地进入作品的艺术情境之中，领略作品的艺术特色，以及文中表露出来的情感状态、价值选择。这是非常好的设计。同时，还邀请相关的专家对每一位作者的作品进行比较专业的综合性论述，便于读者从全书的整体来把握作品。这些作品主要集中在"情"上——故乡之情、父母亲情、友情爱情、事业之情等等。其中一些堪称范文。当然也有一些知识性、研究性与介绍性的作品，亦可丰富拓展读者的视野、心胸。通过这些作品，我们不仅会感受到不同时期人们的生活状态、情感状态，还可以理解作家们表达情感、进行描写的艺术手法，既有助于同学们想象力、创造力的提升，亦有助于同学们写作能力的提高。

　　人的生活状态至少有两个方面。一是显性的、可见的。比如学习成绩、创作成就、劳动收获等等。但还有另一种是隐性的、不可见的。如你会因为学习成绩提高而感到高兴、欣慰；会因为自己的作品受到读者喜爱而增强了创作的动力；秋天收获的时候，会因为这一年风调雨顺有了好收成而感到欣喜，增强了过好日子的信心等等。也可能因为这些，你会更努力地工作学习，更尊重别人的劳动付出，更希望自己做一个好人、优秀的人。相对来说，那些显性的、可见的生活状态往往受到人们的重视，因为其直观，有功利性。但也许那些隐性的、不可见的生活状态对人的成长、完善，以及激发内在动力与想象力、创造力更加重要。它们虽然看不到、摸不着，似有若无，但往往决定了人的情趣、视野、眼界、胸怀，以及精神状态、价值选择与审美能力。正因为这些东西的存在，使你能够更好地面对社会、人生，正确地选择自己的道路、方法，感受到生活的美好、幸福，并保有追求更美好未来的力量与信心。这样来看，这套书意义重大。我真诚地希望大家能够喜欢，也希望有更多的适应同学们阅读的好书面世。

2021年3月21日于晋阳

（杜学文，山西省作家协会主席，著名文学评论家）

目录

第一辑 衣锦夜行

003　吾王不返
011　一个人的龟城
019　二十年来晓寺情
027　众里寻他千百"渡"
033　牧童遥指杏花村
038　幽人在涧
　　　——忻州散记
047　又见平遥
051　素昧平生
055　天下大同

第二辑 雪泥鸿爪

063　大红灯笼
066　潞城听雨
069　满池春水
072　洗耳恭听

075 养心若鱼

078 破壁光明

082 邀请太阳

093 纯阳白露

099 晋祠流水如碧玉

第三辑
青梅如豆

105 岩良观荷

108 要过永和关

111 龙洞的核心

115 这里是蟒河

118 沙棘中的方山

122 枣如秋雨

126 壶口情歌

130 羊汤依旧

133 一生漂流

第四辑 和光同尘

139　秦时明月汉时关
143　三崚山下少人行
146　王莽岭中伤离别
149　无端更渡桑干水
152　天涯思君不可忘
156　歌声流过石板上
160　板蓝根中见平鲁
167　一生痴绝陌上花

180　在大地上铭刻
　　　——读张玉的散文集《表里山河经行处》　/张卫平
187　愿此生表里如一（代后记）

第一辑

衣锦夜行

表里山河经行处

我徒步穿越龟城
在城头捡起一片六芒形的呼吸
这是曾经流传于白银古镇的爱情
与信仰做交易的圣徒
右手紧握缰绳
月光的马镫上踩着我多年前的天真
我所有的浪漫的青春
其实功败垂成
世界的真相在这里
九月路过迎熏门
我在梦里亲吻的人
隐在面具之后的人
飘在平遥的歌声中

吾王不返

一

我于三月初十清晨抵龙门下。此前我曾多次路过河津，但从未长久驻足；它于我，只是秦晋之交的一个驿站，联结着太原和西安这两个城市。在黄河大桥，太阳隐没于灰白的云层中，光线混沌，弥漫的煤尘让空气变得糙黄干裂，使人疑心黄河就是这么干燥，一点水汽也没有。游人不多，许多行色匆匆的人一望而知是本地居民，衣着和神情都是典型的晋南人的样貌，憨厚、灰扑扑，眼睛却圆而灵活——历史上河津是颇出过几位俊杰的：论文，有王勃；论武，有薛仁贵；还有史圣司马迁。他们都是我深爱的人。也许历史需要他们跃过龙门，成为图腾，照耀河津的鸿蒙；但是现在他们都故去了。当我终于来到河津，他们却已离去，只有龙门依旧，在山河之中屹立。我就在一阵风一阵煤尘一阵欢喜一阵悲伤的百转心事间，走进这道从上古招摇到如今的绝世之门。

这门仿佛早有神谕，是我一场大梦的入口与出口，是离我的目的地最具渊源的一道门。寻找一个久仰的人，就想找到一个最贴切的地方与他相会；拜会一个有大功业的人，便想感知他破天荒的勇气——我说的，是大禹，我是来寻他决开三千里黄河的传奇；我来了，我走过，门却在我身后化作了巨石和大浪，门的主人就在前方，他在洪荒中向我走来，当我欲执子之手时，他却与我擦肩而过。

我首先寻找的，是禹王洞。相传，当年大禹疏通黄河来到此地，被积石山挡住去路。他率民众日夜开山，某一天，天空一道闪电，直击东边高崖，顿时山崩地裂，万仞绝壁上出现一个大洞口。禹攀缘而上，发现山洞深不见底，山情水势一览无余，遂决定在山洞居住，指挥千军万马开凿龙门，此后人们一直称其为禹王洞。民国版《乡宁县志》记载："禹王洞，在小梯子崖上，绝壁千仞，下临黄河，相传大禹凿龙门时，常憩于此。洞深莫测，人无敢入。"

小梯子崖曾是当地人下山之路，龙虎公路开通后，这条天路便告退役，少有人迹；加之近年来炸山开矿，梯子口已毁，无法通行。我们顺崖口依小径盘旋而上，脚下荆棘丛生，坡上怪石乱滚，绝壁之下是天然的石龛，龛下有就地垒起的小石屋，尘埃堆积，粪便散落，墙面犬牙交错，不知何人所建。顺石龛一路攀缘至东面的峭壁，抬头看到三个石洞，我已经手足酸软，只想歇息一下。

然而禹王洞仍然需要艰难的攀登。洞在绝壁之中，最下面的洞口距路面也有几人高，摩崖有人工凿出的小石窝，脚尖可以探入，石缝里插着一根木桩，大约是从前人们上下时的抓手。中间的洞有门和窗，最上的洞口是敞开的，但是高有数十米，无路可登。

我攀岩而上，进入下洞，这洞很狭窄，或者说它仅仅是一条通道，它向上延伸，两侧的石壁上有小石窝可供手臂支持。我脚下发出咔嚓咔嚓的碎裂声，那是风化的石渣寂寞的呻吟。我回头看看山下，黄河水发出强烈的反光，白亮如银，沿岸群山如同列阵的雄兵，令人心生敬畏。沿着这条缝往上爬行，越来越陡而窄，最后收束为一个仅容一人通过的葫芦口，爬出去，却是豁然开朗的天地，这就是我们在下面看到的那个中洞。

这里无疑别有洞天，它宽阔明亮，构造精巧，石条砌就的墙壁和门窗，阳光从外射入，洞内满是碎金的光芒；墙根有一盘小石炕，平整光滑，触手生凉，可以容两三个人并卧。炕前有两个石池，一条石渠从洞外直达池中，可惜水流干涸，不复当年情境。洞口筑有围墙，出洞口，石根凿有水道直通北边的石缝，可以想见，泉从此石而出。石缝有一丈多高，两条麻绳从上面的灌木丛中垂下来，抓着绳子攀上去，是一个两米见方的石台。坐在台上极目远眺，群山万壑尽收眼底，黄河奔雷喷雪，声震乾坤。

此处大风呼啸，云雾蒸腾，令人心胸浩荡，有欲乘风羽化的感觉，我想这里必然曾经有高人长久居住，也许是禹王，也许是别的神仙隐士，也许是亡命天涯的刀客，也许是杨过和小龙女……洞内墙上和周边崖壁没有留下只言片语，一切都像一个巨大的谜；上洞可以看见，但是无路可通，我终究不能抵达那真相的目的地吗？我忽然觉得我曾经在某一个瞬间到过那里，在我看不到的深处，一定留有禹王馈赠我的遗迹，我坐在风云之中，尽管耳际河声如雷，我仍然从中听到了一缕细而清悦的声音。

同行的一位诗人说，那是水龙吟。

禹凿龙门，千秋功垂。龙门曾有许多禹的行迹，河津这边有东禹王庙，对岸的陕西韩城也有，叫作西禹王庙。两座庙宇隔河相望，石崖上刻有《禹王锁蛟》和《龙门虎图》，镌刻着大禹的盖世功绩，遗憾的是这两座禹王庙都在抗日战争中毁于倭寇的炮火。禹庙已成齑粉，唯余虎啸龙吟，今天的九州大地，依然没有完全消除洪涝之灾，他知不知道当今的水患远非上古之时的水患可比？他知不知道现在的水患一半在山河大地一半在都市城邑？

吾王不返。

二

那是四千年前，洪魔肆虐，摧城夺寨，淹没生灵，舜帝派鲧去治理洪水，鲧失败了，被处死；他的儿子禹继任为新的治水者。在浩浩汤汤的淫雨中，禹沿着九曲黄河南下，过吕梁，走太行，他走了十三年，从一个十七岁的少年走到三十而立，他是该立起来了。那个头戴箬笠、身穿虎皮的青年，就是他吗？他徒步穿过狂风暴雨，他看到洪流吞噬五谷，席卷村庄，他站立于高山之巅，看到生灵涂炭的暮春三月。夜色如墨，骇浪如雪照彻天地，狂风灌满他的胸腔，芸芸众生在他脚下蠕动：那些牧人、那些农夫、那些浪子、那些过客，那些兄弟、那些情侣、那些老者、那些婴儿，那些逝者、那些活着的人，最终都在大水中挣扎——这一条被鲜血滋养的，汤汤的大水。

水流可载舟，亦可漂橹；水流可润物，亦可倾城。

有婴儿在呱呱涕泣，有女子在凄厉哀鸣，他们应有的温柔与天真，在洪水中荡然无存，山巅上升起血红的月亮，如同狰狞的天目。他望着山下的血肉白骨……这血肉与白骨中，有一部分是他的父亲鲧：曾经为理想盗取息壤的人。他惊觉救赎之路是息壤也无法填补的空间。

这是他的无间地狱，透过那被鲜血和月亮染红的河流，他看见了他的子民，扶老携幼，挈妻抱子，沉浮于河流；他看见了他的人生，千秋百代，轮回转世，漂泊于河流；他们的面目变幻不定，一双双望向他的泪眼千重万叠；他别无选择，没有回头之路。

他挥舞着石斧、木锹、骨凿，直到它们一件件断裂了、损毁了，他身后的士卒一个个受伤了、摔死了，他身上遍布伤痕，露出森森白骨；他举起双臂，在烁烁雷电中高呼："天地不仁！"又是一道闪电，喀喇喇震彻山谷，山崖突然屏开，洪水一决千里，向下冲去。

禹是鲧的儿子。鲧是一条大鱼，禹也是一条大鱼。而禹与其父所不同的是，他变成了龙。他将脚下这被他劈开的巨峡命名为"龙门"，他以他的神力许诺众生：即使你只是一条鱼，只要可以跃过此门，就

可以变化为龙。

"河津一名龙门,禹凿山开门,阔一里余,黄河自中流下,而岸不通车马。每逢春之际,有黄鲤鱼逆流而上,得过者便化为龙。"

他是第一条化龙之鱼。他囚禁了年老的舜,成为真正的禹王,并终结了禅让制,开创了世袭制,在身故之后传位于儿子启。他的治水不仅打破了一个时代的生产力之瓶颈,也催生了新的政治体制,这是中国历史的大转折。那个双足深陷于水草、匍匐在雨夜的石洞里绘制河图的青年,现在身着黑袍,手持玉笏,高坐于佩玉鸣鸾的殿堂间。他已经是一条龙了,并且他的血统将永远传承,他的子孙世世代代都将是龙。然而这真的是他所想要的吗?那条艰难地在浊浪中抬头的鱼和这条鳞鬣飞扬爪牙狰狞的龙,哪一个才是真正的大禹?

吾王不返。

三

我们下山,回到黄河边。两岸如同刀斩,双峰对峙形同巨闸,扼住黄河的咽喉。河出其中,上宽百步,下泻千里——"禹门三级浪,平地一声雷"。我们穿上救生衣,乘船逆流而上,触目皆是绝壁,像一道道垂直的截屏,黄沙浊浪掠舷而过,浪声与马达声交织在河谷。船行到接近龙门最狭窄之处时,船工提醒我抬头望,我看到绝壁上凿有"石门"两个大字,我举起手机正欲拍摄,船却开始掉头,我的身子一晃,小船已顺流直下,那两个散发着森森王气的大字转眼间被远远甩在身后,我以黄河的速度向来路回归。

据说每年春天——就是这个时候,黄河破冰,桃花汛到,天下的鲤鱼过齐鲁、走中原,穿越三门峡进入黄河,云集于此,来登龙门。龙门下日夜群鱼争跃,耀金飞虹,登龙门者,天火烧其尾,化龙腾渊，不登者点额暴腮而退。但是这样的景象我没有看到，因为黄河淤沙，甚至会有断流的情况，龙门飞瀑和鱼龙变化，可能以后也不会有人看到了。我凝视河中水，只见一片浊黄，没有一条鱼的影子。

这不是我梦中的龙门。

我曾在多少个无法入睡的深夜思念着龙门。多年以前我在北寨以北的土坯屋里睁着眼睛看着黑暗：我想象自己是一条硕大无朋的鱼，在荒无人烟的黄河故道溯游而上，四面激浪如箭镞击打我的鳞甲，我身下是粗粝的黄沙，河水卷着石块和浮木，我扭动身子避开它们，险滩一个接着一个，我乘着风云翔于浅底，游往龙门的方向。

少年张玉曾那么相信自己会跳过龙门，变成一条龙。

也许每个人心中都有一座龙门，都有鱼龙变化的梦想。

假如我跳过去，我就能见到禹王吗？或者说我就变成了他吗？

但我还是跌落在尘埃。点额暴腮之后，我生命的一部分也永远地离我而去。当我身临龙门，黄河已不是最初的河流，山无陵，天地合，龙门之下的浪涛已不足以浮我身躯。

我跳不过去了。

我没有找到禹王，在尘土飞扬的暮春时节，河津凉入肌骨。我只能离开龙门，我们彼此离开的部分构成了黄河之外的时间。我将启程，告别龙门，继续我遨游四海的行程。我在黄河之上看着它，然后离去，将龙门留给文字，将自己交给来日。我恒久而孤独地站立，把自己站成一座龙门——我等的船还不来，我等的人还不明白。我幻想我在这里等了四千年，不知不觉垂垂老去：其实等待不应该等待的人和事，就是等待死亡，等待黄河将我吞噬，卷送到另一座龙门，那是一个什么样的世界呢？我不知道，只有岁月和爱情知道。

吾王不返。

谁的黄河冲过龙门的胸口
谁的鲤鱼跃上桃花滩头
谁在禹门渡等待千年
让河津这寂寞的巨石沉没于浊浪
游船上的一捧青梅是酸涩的绝望
最初的情人带来末日的甜美
跳过龙门的鲤鱼将不再重生
它君临天下，失去坟茔
在暴雷中呼喊着某条河流

赏析

字若惊鸿，情如黄河，浩浩出峡，洋洋而泄。

作者不仅以游者的眼光，更是以作家的灵慧，徘徊在古今里。在美景和遗憾里，完成了一次视野与精神的对接，替自然实现了一次对人类的拷问。

三个章节，时间为序，游踪为线，移步换景，一脉贯通。攀崖、逛洞、下山、乘船，游踪在跳脱的文字里若隐若现，却又明晰可辨，路标一样地牵引你我之眼。大禹凿山开门壮举的再现，有着电影镜头的带入之感，亲临现场错觉的造成归功于灵动文字的搭建。它的参与，避免了叙述的呆板、视觉的疲劳，在时空转换里，会让人想到滋养它的这片叫河津的热土。

语言作为一件袍穿在章节的骨架上，文本无疑是一匹美艳且有纹理质地的锦缎。你看，无论是对悬崖峭壁的绘形、禹王洞穴的铺陈，还是对大禹凿洞场景的再现，各种修辞的交织、各种感官的并用，无不呈现出张玉娴熟的写作技巧，透露着她的特质和气息。

以小见大，立意深远。黄河破冰，桃花汛到，天下鲤鱼云集龙门；龙门之下，群鱼日夜争跃，耀金飞虹。这是传说和童话。现实里此盛景不复存在，茫茫黄河除了浊黄，连一条鱼的影子也找不到。大禹庙被烧、梯子崖遭毁，绝壁之下尘埃堆积、粪便散落。作者的情感和痛，都归结到"吾王不返"的慨叹上。

窥一斑而知全豹，自然被人为践踏，何止这一处？

这个"吹哨人"站在黄河岸边，龙门之下，凭一己之力，吹响一声长哨，只盼这哨声唤醒你我！文字是要以黄河的速度，把此带给你我。这恐是张玉著此文的意义所在。

（王玲花）

王玲花，女，1971年生，山西省介休市人，中国散文学会会员，山西省作家协会会员，笔名清蘅。任教于山西省晋中市榆次一中，中学语文高级教师。系山西省学科带头人、教学能手，晋中市优秀班主任，《少年科普报@作文》编辑。著有散文集《守住蔷薇一季春》《所有美好，终将如花绽放》《许我一段好光阴》《二十四节气·鸟虫》《在古诗里长醉不醒》。作品散见于百余种报刊，曾获多种奖项，参编《微写作一本通》。作品曾多次被选为中学生期中期末测试卷阅读题，散文《父亲为我竖起路标》曾入选《2018年山西省义务教育阶段学生学业水平测试试卷评估报告》一书。

一个人的龟城

一

从凤仪门进来，朝左拐，再朝右拐，就是平遥著名的西大街。这条街被称为"大清金融第一街"，它浓缩了整个明清金融业的辉煌，它们的形式与内容在此被留存。我在人流中随波沉浮——人流，有各种旅行团队，有本地的居民和商户，也有像我一样孤独的散客，一起流动在九月中旬的大街上。各地方言在秋天的色彩里浓重地流淌，阳光在尘埃中飞舞，像雪、像落叶、像丝线、像某种意象，最终也化为河流。这些川流不息的事物，其实就是时间，我相信它是有知觉的，它在街道两侧驻足、审视，用带一点探究的眼光打量这浩大的意识流，它沉默地汇入流水一样的历史，最后流散在城墙、杨柳、钟楼和古道之间，并成为它们的底色。

中国最早的银行业即在平遥西大街兴起。从"交子"到"银票"，商业贸易不断发展，一代晋商汇通天下，直至"日升昌"横空出世，成为晚清商界翘楚，主宰了风雨飘摇的帝国经济命脉。据说大掌柜雷履泰某日清晨梦到一轮红日喷薄万丈光芒，于是将票号定名"日升昌"。这传说不知是真是假，不过可以肯定的是这个名字的确恢宏大气，有一统天下财势的气质。我觉得能起出这样名字的人应该有海纳百川的胸怀，因此很难想象他会干出另一件幼稚而没品的事情：雷履泰因与毛鸿翙反目，于是给自己的儿子起名叫雷鸿翙。不过细想一下也合乎情理，这两个掌故都与命名有关，所谓名可名，非常名，像雷履泰这样桀骜的俊杰，必定是热衷于构建、创造和争斗的人；这样的人，在天生的精明算计中必须保有一点童真和莽撞，否则他无法完成他的历史使命。

日升昌其实并不大，但是麻雀虽小五脏俱全。这里有身着古装的工作人员，也有蜡像复原的票号场景：放款者在清点钱钞，存钱者在柜台前伫立，一个身穿马褂的老者在写字，是漂亮的蝇头小楷。我拍了几张照片，但是很遗憾，它们都不具备日升昌的气质——在平遥谈摄影，确乎是件不自量力的事。我再次被平遥的流水卷出街头，离开这座古老的建筑，我看到它无声地挥手致意，继续接受滚滚人流的冲刷。

西大街上还有很多的商号，也有别的店铺和民宅。它们随意交集，构成了平遥的生活和性格。越来越金黄的夕阳透出一种商业繁华的气色，我感受到了那些平遥人骨子里的商业文明。我在路口折而向南，看到会所和镖局。前者使人放松，后者令人激扬，它们都有极强的现场感，可以令人代入角色，想象自己是一名红顶商人，谈笑有鸿儒，往来无白丁；或是一名武林高手，按剑四顾，身后是成箱的金银和无边的夜色。在这些时刻里，我感到平遥的水流缓慢而有力地漫过我，推送我登上城墙——这无比坚实的古城的胸膛。

这城墙是明洪武三年（1370）在原旧墙垣上进行扩建的，后来，因为各种原因，又进行过多次翻新，并增设敌台，全面包砖，筑成我们今日所见集实用和审美于一体的城墙。公元1703年，康熙西巡，路过平遥，为了迎接皇帝，在原城墙上，加筑了东南西北四面的大城楼。这城楼气度不凡，几可媲美西安，它不仅有防御功能，也兼有艺术风骨，它与城墙浑然一体，构成可以传世的北方古建筑之典范。它曾经暗合白银时代追逐肉欲的神态，它也曾经守护这城池中所有的财富、文明和创造它们的众生万物；它的意志凝固成平遥摆给世界的造型，它是一个庞大而精致的历史载体。既然光阴化作青砖砌成这道周长六千多米的墙，我怎能辜负它？我在它上面漫步，像走在一条巨蛇的脊梁之上。有中年妇女在这里跳广场舞，年轻人抱着吉他歌唱，也有一些老者，坐在半冷的秋光里看滑板少年飞驰而过。我一一经过他们，像经过我断续变幻的爱情，它们一个音节一个音节地在平遥之上吟唱。

二

这座城又叫作龟城，传说在很久之前，一只神龟误入黄河，它逆流而上，路经平遥，被一位当地的神仙发现，这位仙人就想让它留在此地造福，于是将它的一条腿拴了起来，神龟于是便在此留驻。后世的平遥人根据这个神话传说和龟的形态，一代又一代地构建着这只传说中的神龟，直至现在的街道格局。据说组成整座城池的城墙、大街、小巷，都呈现龟背似的图案，若从高空往下俯瞰，如栩栩如生的巨龟。我能登上的最高点，只有城楼，站在这里向下看去，甚至看不全古城的完整样貌，因此也不能分辨它到底像不像一只龟；但是我相信它确实是这样的，因为这种龟形的城池在全国各地都有分布，我在甘肃、河北等地都曾见过，其中的永泰城就酷似龟形，据说这样的形制有利于排水和抗震，无论洪水滔天还是山摇地动，城池都会似神龟一样遨游在天地之间，站稳这风口浪尖。当然，龟在中国的文化中，还有别的含义，其中最美好的象征，就是它的"寿"。它是能在时间的河流中汲取灵性的动物，它在广袤的历史中爬行、游走、静伏，倾听生命的声音——我真的愿意将平遥看作一只龟，一只以历史、音乐、建筑、街道为鳞甲，安静地潜伏在太行之谷、汾水之滨的龟。它金汤永固，万世长生。

我又返回老城，再次进入神秘的时空，这里有大量的老宅，它们的历史甚至可以追溯到唐朝。有一块石碑上书"厚学泽世"，可以看出平遥人在商业追求之外的文明修养，这种治学修身的理念是他们的文脉传承，它使物质与精神一并长存。我看到柳荫森森中有两根石柱，中有横匾，刻"龙门"二字，很多游客兴致盎然地在这座龙门中穿来跨去，大约是想讨个口彩——中国人，自古都有龙门情结。成群的三轮车夫在此招揽生意，他们拉着黄包车，打扮成骆驼祥子的模样，在九龙壁前做出卑微的姿态。他们无疑是本地居民，大多有天生的商业神情，在我看来，也是一种异禀。

我终于迷失在曲折的街巷中，像一个假行僧，不能参透平遥的气息，不能进入平遥的细节，因此我无法识别这些街道和房屋的方向，无法结缘任何一个人，我越来越感觉到我与平遥的距离。是的，面对随遇而安于时间中的情感，我本身也是一个过客。面对结构精巧、布局严谨、尊卑分明的平遥，我只能欣赏，却不能度过，甚至连做客的机缘也不过如此——这只龟，仅仅是我的客栈，而非我的人生。

  我徒步穿越龟城
  在城头捡起一片六芒形的呼吸
  这是曾经流传于白银古镇的爱情
  与信仰做交易的圣徒
  右手紧握缰绳
  月光的马镫上踩着我多年前的天真
  我所有的浪漫的青春
  其实功败垂成
  世界的真相在这里
  九月路过迎熏门

  我在梦里亲吻的人
  隐在面具之后的人
  飘在平遥的歌声中

三

  我在城隍庙街走了很久,在摄影博物馆门前看到一个身着旗袍的女子,她腰身窈窕,侧影美好,我以为那是一个妙龄女郎;但当她转过头来时,我看到她脸上褐色的斑点和深深的法令纹。她手提一个民族风的刺绣布包,发髻斜挽,不御铅华,有一种天涯孤客的美。她在一帧巨大的照片前驻足,并在斑斓的色彩中回头向我微笑,这会心的微笑将她定格在平遥的秋天,使我有足够的爱和温暖将这些文字写到最美,并像作画一样将它渲染成一片诗行中才能有的金黄。

  我将旗袍写成繁体字
  我在展厅中俯瞰盛世的展出
  一张照射文明的影像
  一件印着青花写着诗的旗袍
  无家可归的脂粉在呼唤我
  铜镜中的少女飞驰而去

  我在手机上写下这些诗行,再次抬头时,已不见那个面容苍老身形年轻的奇特的女人,我多么想再看到她来自困惫风尘中的深深微笑,然后欣赏她裹在青衣内的妩媚风情,如果有可能的话,我们还可以喝一些酒。然而城隍庙前人流如织,触目皆是衬衫和牛仔裤的世界，我终究没有再看见那个旗袍的身影。

走完八小街和七十二条蚰蜒巷，已经是黄昏时分。贺兰桥的街头有一家小店中飘出《平遥古韵》：

> ……
> 千年后你是否仍记得
> 你离开这里时的阳光
> 它还依稀地洒在历史的长廊
> 而古城却是变了模样
> 将军道，残花败叶满凄凉
> 悬空寺，白雪纷纷落山梁
> 知何日，几多汉瓦变红墙
> ……
>
> 千年后的黄昏仍带着忧伤
> 抹不掉那刻在心里的牵强
> 心爱的平遥城心爱的故乡
> 我要为你擦拭流泪的脸庞
> 遥远的歌声镇住心脏
> 这刻成了永恒的绝响
> 不变的日出日落洒在你身上
> 留下一种暗淡的光芒
> 胡马入，将军护城阵前亡
> 夜已黑，万集镇里火无光
> 城墙旧，诗人还吟陌上桑
> 千年后，今人依旧思汉唐

  箫鼓悠扬，沧桑而凄凉，此歌的意境，其实与平遥并不契合，换言之它并不一定属于平遥，山梁上的胡马、西风中的将军，我认为这歌儿唱的不是平遥，但我还是在这长调中深深地悲伤；它像一阵风，像一场红尘，像一段缥缈的时光，萦绕在我周围，填充着这古老的城池。我不奢求走完这城中所有的街道，我也不奢求路过所有的老屋，我只求能在这歌声中遇我所遇；但是没有，我一次都没有遇到过我想见的人，我的游记中从没出现过他的名字，我看到的无数光影中，也从没有他的痕迹。当我将旧日心事封存时，我行走于平遥，当我在十丈软红中迷失于集万象之魅的平遥时，我忽然明白我从来不曾知道他是谁，他从何而来，向何而去。

  在阎家巷，我吃了一碗午夜的碗托。当离别像时间一样一去不复返，我无疑就变成了这一碗风卷残云的碗托。我在与不在，辣椒都是那么红，面片都是那么凉。时间翻过子时三刻，零点的钟声响起，我的泪水涌上来，我吃尽的，是现在，是过去，也是未来；我夹起一筷子碗托，将一碗深灰色的未来一口一口地咽下去，才在这略显冷清的店里将几行泪水擦在纸巾上。我望着门外偶尔路过的车辆，我相信我看到万籁俱静的平遥心里最为柔软的部分。那么现在，我又是谁呢？我寄身哪里，系心何物，其实都不是我需要终极思考的问题。我将以何种姿态行走大地，看日升月沉、白驹过隙，也无须刻意应对；我只需在某个午夜铺陈笔墨，或敲击键盘，写下平遥二字，便可以勾画青砖黛瓦，重游龟城：那座古风依旧、新花催发的一个人的城。

  秋风习习，凉意浅浅。在青砖黛瓦、逼仄曲折的古巷里，张玉完

成了孤独、洒脱而又深刻的游览。那些从敏感细腻的心灵里流出的华章丽句，将为这个龟城的秋天留下浓重的色彩。

林语堂说散文就该是"意到笔随，萧散自在，断断不是拘泥章法"。张玉的这篇散文便是如此。移步而行，景入眼帘，情自心出，情景交融，每一处景、人的选择，看似信手拈来，实则用心雕刻，都为抒其"一个人"的孤绝惆怅而蓄势。或记叙、或议论、或抒情、或描写，自由灵活，随意挥洒。

"一切景语皆情语"。作者情的流露像这秋风一样，穿过青砖碧瓦、古巷人流。旗袍女子转瞬即逝，箫鼓歌声的响起，就连碗托这一特色小吃里，都能看到作者肆意流淌的情感：惆怅、孤绝而又悲凉。至于作者为何生发这情感，也许是源自个人的故事，也许是担心新花的催发，会冲淡古韵。

龟城的最大特点在于它的历史厚重。这厚重不仅在于貌的外像，更在于沉淀的纵深内在。轶事、传说的引用，虚与实的结合、现实与历史的对接，在时空的转换里，给读者展示了这座龟城的文化底蕴、商业气息和风土人情。

行文里穿插诗歌，是张玉游记的一大特色。这不仅艳人眼目，更增其诗韵意境。这浓缩了的诗行，与全文清丽、空灵、缠绵的语言，相得益彰，一呼一应里，皆是美感。这是她向我们亮出的文字功底厚重、语言感悟力强的一张底牌。

写景抒情，不但体现于字里行间，就是题眼也可窥见一斑。"龟城"是物，是静止的。而"一个人的龟城"，是情，是活的、流动的。这是文章抒情的指向。

（王玲花）

二十年来晓寺情

一

永济的阳光很好,出城向西,一路顺畅,路上车辆寥寥,远远地就看到了莺莺塔。它多少有点出乎我的想象,我以为它应该是一座小巧精美的圆形白塔,结果它宏大壮丽,方身尖顶,有直插云天之势,在朝阳下发着金光。

我来得早,普救寺里几无游人,可以慢慢闲逛。寺门前有简介,此寺始建于唐代,初名永清寺。后河东节度使作乱,后汉刘知远派郭威前去讨伐,围蒲州城年余,城中百姓甚苦。郭威于是向寺僧问破城之策,僧曰:"将军发善心,城即克矣!"于是郭威折箭为誓,翌日城破,满城百姓得救。从此以后将古寺更名为"普救寺"。当然,普救寺因何得名并不重要,重要的是它曾经承载过一段千古情事——它是《西厢记》的发生地。

沿甬道前行不久,是一座小巧的四合院,有精致的垂花门,这就是梨花深院,莺莺与张生即在此相会。门两侧有对联:"梨花院落溶溶月,柳絮池塘淡淡风。"依墙还生长着一丛翠竹和一棵红杏,树枝横空斜过墙头,意味深长。

同行有人说,在寺庙这样的神圣庄严之地,怎么会产生偷期密约这种香艳之事呢?真有点亵渎神灵。我说你们说得不对,事实上愈是香艳的故事愈是发生在寺庙道观中才更增风情。崔莺莺在普救寺中遇到张生；宁采臣在兰若寺里邂逅聂小倩；就连武则天，也是在感业寺与高宗李治再续前缘，才得以实现家国天下的梦想。

唐贞元十六年（800），元稹游历山西，在普救寺偶遇莺莺，二人互生情愫，遂通款曲。但他们最后并未成就姻缘，而是劳燕分飞。后来，元稹别娶高门，莺莺亦另嫁，二人自普救寺别后不复相见。

再后来，元稹写下半自传的传奇小说《莺莺传》，托身张生，记叙这段年少情事。元稹和莺莺的故事不同于中国传统言情小说的模式，同样是爱情悲剧，无论是之前的《孔雀东南飞》，还是之后的《红楼梦》，主人公都是由于外因而被迫分开，而爱情本身是坚贞的。《莺莺传》则不同，他们之间没有第三者，只有来自现实的压力。元稹以旁观者的身份写尽爱情在现实面前的不堪一击：不是不爱，而是有太多的东西比爱情更重要。

最后，元人王实甫以此为蓝本，写就《西厢记》，并改撰结局使之美满团圆；莺莺与张生终成眷属，普救寺与莺莺塔遂名扬天下。今天我们所广为传诵的其实是王实甫版的《西厢记》，而非原来的元氏自传。

但是我在这里，只想念最初的莺莺，那个曾陷身爱情泥淖，却终于靠意念和智慧获得解脱的莺莺。

二

《莺莺传》的开头是一个饭局，当时蒲州战乱，崔家因资产丰厚而引来盗匪觊觎，张生托军中友人保全了他们，所以崔母设宴答谢他，并在宴席上让儿女出来拜见这位表兄。张生第一次见到十七岁的崔莺莺："颜色艳异，光辉动人。"于是张生开始着手追求莺莺，问计于侍女红娘，红娘问他："何不因其德而求娶焉？"结合上文崔母令女儿见外客的举动，我想崔家应该是有意将莺莺许配张生的。但此刻张生回答的话简直有点无耻了："……若因媒氏而娶，纳采问名，则三数月间，索我于枯鱼之肆矣。尔其谓我何？"爱一个人，爱到连正常的三数月嫁娶流程都无法等待？显然这是赤裸裸的情欲而非深沉之爱。

莺莺看了张生的情诗，应和一首："待月西厢下，迎风户半开。拂墙花影动，疑是玉人来。"这诗暧昧不定，张生欣喜赴约，却被莺莺训斥一番，拂袖而去。但是突兀之处就在于莺莺严词拒绝之后，过了三天，却主动来奔，自荐枕席："是夕，旬有八日也。斜月晶莹，幽辉半床。"前后数日，莺莺态度转变之快令人匪夷所思。到底发生了什么呢？莺莺会突然在几天中爱上一个陌生人吗？还是她之前的谴责只是欲擒故纵的手段？我认为都不是。其实促使莺莺在斜月之下走向西厢的力量，是她心中的孤独。这孤独深如瀚海，暗如长夜，如月夜的梨花一样盛大而寂寞，它禁锢了她那么久，她体内被束缚的自由和呼吁在月色下叫嚣躁突，不能自已。她有惊世的才华和美貌，她并不甘心在闺中默默度过自己的一生，然而这诉求在中国古代是多么不理性的欲望啊，即使那是唐朝。所以她想疯狂一把，挑战一下禁忌，做一做不被礼法允许的事情。在这个意义上说，张生只是适逢其会，换了是王生、李生，也会得到自我放逐的崔莺莺。

"有顷，寺钟鸣，天将晓。红娘促去。崔氏娇啼宛转，红娘又捧之而去，终夕无一言。"莺莺和张生一夜缠绵，居然一言不发，只是在天光欲晓之时发出呜咽。这些场景充满隐喻，我可以明了莺莺的心情：她明知道她正在做一件可能万劫不复的错事，但是却无法控制内心对未知世界的渴望，对爱情的向往战胜了对命运的恐惧，她铸成大错，当东方渐白，她从梦中惊醒，为自己的选择而悔恨，为自己所失去的哭泣。

莺莺回去之后，又不理张生了，张生写下《会真诗》给她，莺莺于是又来相就，张生问崔母的态度，莺莺说：我妈都知道了，想成就我们的婚事。《会真诗》是极其香艳的诗篇，其尺度之大不亚于今日的性爱视频，"……眉黛羞频聚，朱唇暖更融；气清兰蕊馥，肤润玉肌丰；无力慵移腕，多娇爱敛躬；汗光珠点点，发乱绿松松……"我并不相信这种诗可以打动崔莺莺；与其说她被张生的才华所感，不如说她被他的无耻所震慑：她发现只有嫁给他才能弥补之前的错误，并将这错误升华为爱情。

然而张生没有回答。他离开她，远赴京城，那里才是他梦寐以求的都市、大有作为的地方……元稹是北魏宗室后裔，少年丧父，由母亲郑氏抚养长大。十五岁明经擢第，二十五岁登书判拔萃科，二十八岁列"才识兼茂，明于体用"科第一名。幼年丧父的人、家道中落的人，往往会对功名有极端的热衷，这样的人可以用《红与黑》中的于连来类比。多情与薄幸、高尚与无耻、老辣与天真这些看似矛盾的性格因子都可以在他们身上统一体现。在面对无限可能的世界时，个人的情爱渺若尘埃。对元稹来说，一边是热恋的民女，以及消磨意志的情欲；一边是清白的名誉和可能的五姓良缘；取舍并不为难。

第二年，元稹在长安给莺莺去了一封信，并附上礼物"花胜一合、口脂五寸"，但是绝口不提曾经的誓约。我不知道淹留于普救寺的莺莺看到这来自京城的时尚化妆品会是何种心情，也许如上阳宫中的梅妃一样"残妆和泪湿红绡"吧。她提笔给情人回了一封信，那信文辞之美、情意之深堪称绝唱，我以为它是中国五千年文学史上最动人的情书。

"……虽荷殊恩，谁复为容？"你不在，我能打扮给谁看呢？

"……殁身永恨，含叹何言！"是我自己的错，我自己负责，并不怪你。

"……临纸呜咽，情不能申。千万珍重，珍重千万！"我并没有变心，你自己保重。

"……幽愤所钟，千里神合。"我想你，我梦到你。

"……无以鄙为深念。"假如一定要分手，那么忘了我吧。

然而这字字泣血的表白被张生拿来在朋友圈里炫耀，一同晒出的，还有香艳露骨的《会真诗》，就好像胡兰成将张爱玲和他的闺房之乐写进《今生今世》一样。元稹借用了《左传》来洗白自己的负心薄幸："夫有尤物，足以移人，苟非道德，则必有祸"，他道貌岸然地指责莺莺，"大凡天之所命尤物也，不妖其身，必妖于人。使崔氏子遇合富贵，乘宠娇，不为云为雨，则为蛟为螭，吾不知其变化矣。昔殷之辛，周之幽，据百万之国，其势甚厚。然而一女子败之，溃其众，屠其身，至今为天下戮笑。予之德不足以胜妖孽，是用忍情。"

这种"尤物论"，将美人视为妖孽，其实不过是男人推卸责任的借口罢了，也就是说始乱终弃并不是最恶毒的，更可怕的是抛弃之后还要粉饰自己，把这种无耻行径美化为道德之举，似乎割舍了儿女私情就是一个英雄。

可惜虬髯客已没，时无豪侠"衔之十年"也要去取"天下负心者"的头颅心肝下酒，元稹没有得到什么报应，他中举、成名，娶了高官之女韦丛为妻，春风得意，名满天下。莺莺也另嫁他人了，元稹偶然路过莺莺居所，以表兄的身份求见，终不得一见。莺莺最后回答他："弃置今何道，当时且自亲。还将旧时意，怜取眼前人。"君子绝交，不出恶言。莺莺的诗中，有讥讽，有缅怀，有失望，也有告诫，这背后，是她对那个男人深深的了解和宽恕。

第一辑 衣锦夜行 / 023

三

游人渐渐多了,我爬了一百零八级台阶,登上莺莺塔,又从塔上下来,行至"听蛙鸣处"。这是一块大石,石身布满了许许多多的小坑,显然是游人们反复敲击留下的痕迹。我也拿了一块小石头去敲座石,果然,从塔的方向传来了清晰的"呱——呱——"的蛙鸣声,工作人员说,过去在塔的四周许多地方都可以听到蛙鸣回音,甚至可以听到几公里外学校的读书声、戏台的锣鼓声,但重新翻建之后,这些声音都消失了。

也许一同消失的,还有天真的爱情、善良的莺莺。

我或许不该过分苛求元稹,他不过是一个凡人,这个世界绝大多数人都很平凡。夜宿古刹,邂逅佳人,春风一度,天明而别——在一个陌生的世界,遇到一个喜欢的人,发生一段隐秘的感情,然后相忘于江湖……这似乎是每个人心中不便宣之于口的梦想。我们有勇气相爱,却没有能力相守;这一生注定只是彼此的过客,永远漂泊在亦真亦假的思念中。

"半欲天明半未明,醉闻花气睡闻莺。狨儿撼起钟声动,二十年前晓寺情。"

多年之后的元稹写下这样哀艳的诗行,回忆年少风流。

假如我是她,我会怎样回答?

  欲望的天空还没有亮起
  无家可归的花香比莺声更漫长,也更神秘。
  钟声如此迟疑,这千古的流徙
  淘尽爱情和诗歌的月色,已经寂灭。

亲爱的，尽管你并不爱我

我还是爱你

我爱着黄金面具下的你

爱你送我的花胜、口脂和午夜的吻痕

但我不会再见你

如此

二十年后

普救寺也许还会想念你

　　我在木制照壁前看了很久，这里题写着莺莺写给张生的第一首诗，导游的讲解很是流利婉转，她述说的是终成眷属的故事，当然轻松欢快，可我怎么能拥有她的心情呢？其实游览并不完全在于惬意和舒适，而在于身临其境时，那瞬间的触动。你也许欢笑，也许悲伤，也许寂寞，也许兴奋，也许得到诗意，也许收获喧哗；这都是行程中天地的赐予。

　　梨花深院令人怀想，我似乎也成了崔莺莺。我抚琴看月，在枕席、竹荫、西厢的晚风中观摩自己的过去，年少轻狂的过去。属于爱情的一切已经过去，初恋不再，贞操不再，孤勇不再，而时间不离左右，我只能这样活着，只有这些建筑和遗迹，与时间同样永恒，它们陪着我，在心底最幽暗的角落，最柔软最不堪一击的地方，像戴着铜指套的手反复弹拨着那根琴弦。恍惚之间，我再次为贞元十六年那些刻骨铭心的夜晚泪流满面。

赏析

　　莺莺塔有别于其他塔的最明显之处，在于它盛放的不是舍利、法器，而是一个古老的爱情故事。如以浓墨重彩去写它外观的壮丽、布局的精巧、技艺的精湛，就不能突出它"情塔"的特点。

作者精布局，巧穿插，思接千载，收放自如，形散神聚，远流归池。由塔及故事，由眼前到过去，展开联想，用斑斓的文字虚拟场景，力图把我们带入那个凄迷的爱情故事里。因此，我们觉得莺莺塔不再是一座建筑，而是缠绵凄婉爱情的象征，这样既照应了题目，又深化了主题。

张玉不仅善用各种修辞，让丽词华句在故事里喧哗；更喜思乐议，让思想在文字里闪烁。她手握描写、记叙的画笔，描绘着这个爱情故事的同时，也在用议论冷静而理性地做着分析。在她的分析中，那个深藏于文字背后的主题，渐渐浮于文字之上：爱情在现实面前不堪一击。在痛惜、无奈、绝望中，却也有善良宽容在做星星般的闪耀。

诗词楹联的引用，使得文章韵味悠长。各种表现手法的运用也让人叹服，仅对比衬托就贯穿始终：由一开始想象中的塔与现实中的塔的对比，到《孔雀东南飞》《红楼梦》与《莺莺传》的对比，再到《西厢记》的改撰与故事原型的对比，最后，作者拿莺莺与己相比。这些对比，既显示了作者浩大的阅读量和深厚的文学底蕴，更突出了主题。

（王玲花）

众里寻他千百"渡"

一

我走过后街青砖斑驳的一些商号时，一条条小巷子蔓伸过来，秋日的暮霭平缓而干燥，有虫子蛩蛩地低鸣。一条石板路斜斜指向湫水河边的渡口，那里有零落的蒲苇在桥孔下生长。不同于晋南水泽成片密集的苇荡，此地的芦苇和蒲草寥落，它们因稀疏而显得格外高大，有雍容而寂寞的姿态。湫水河向下流去，在裸露沙床的河边，蒲草结着毛蜡，像一枝枝红烛点亮了秋风。

碛口客栈的前身叫"四和堂"，据说是一个油坊，专卖胡麻油，但姓氏不见传了；它建成于乾隆年间，几经辗转，被一个叫张庆德的当地人买下，修成如今的模样。应该说这位张先生是深具文化品位的人，客栈古色古香，修旧如旧，保存了碛口潮湿陈旧的气息。在汉语的语境中，"客栈"这两个字是远比"酒店"更具文化意味的存在，它包含落拓的、凋零的、萍水相逢的江湖美感——最后一座客栈在繁华不再的小镇上仡立，关涉红尘的轮回与兴替。它不是规则的四合院，而是依湫水的走向而建，大院四周都是窑，有很宽的回廊可以让客人闲坐、喝茶或纳凉，我沿着石头楼梯走到一层窑的房顶上，看到八仙桌上的果盘里摆着深红的圆枣。我在街上几家店铺里鉴赏了一些似是而非的古董，有一对绞丝银镯，粗犷古拙，有黑黄的包浆，我很喜欢，但是把玩了许久，还是放下了。我知道我正在加入碛口的秋天，在这个凋谢的季节抵达同样凋谢了繁华的古镇；我并非专为看一座小镇而来，我更想看到一片生长了千万年的巨大的碛，环绕它的孔隙、沙石、胡琴和河流是否在深秋里发出另一种轰鸣。当然，如果有机会，我也想结识那个叫"冯彩云"的妓女，她在这里居住了一百年，她的红衣褪色了，像秋叶一样，她也肯定希望跟一个人说说话。

黄河的水位一降再降，河床沉下去，岸边是一道一道灰白的印子，我想这样的河床一定很饥渴，不像我，每天喝几大碗小米粥。在曲折的湫水岸边我看到几个架着画板写生的年轻人，似乎是美院的学生，有一个少女在旁边看他们画画，目光专注，我不知道她是他们的同伴还是小镇的女儿，只是觉得她斜扬的眼梢像极了逝水尽头的彩云。我坐下来歇了一会儿，看那个年轻画家笔下氤氲的古渡口，有很多色彩我叫不出名字，像上古失传的管弦乐器，奏起一支久远的长调；这长长的民谣中没有路标，少女信手往前一指，对我说："从这里一直走，就是黑龙庙了。"百年来沉积的故事随暮色远去，现在黑暗乘波涛隐现，灯光次第亮起。

黑龙庙是最高的地方，那里有个戏台，据说过去唱戏的时候，河对岸的陕西人家也能听得分明。我想居高临下看看夜景，便深一脚浅一脚地沿着石巷上去，结果俯瞰下去什么也看不清，只有一条街道闪着昏黄的灯光，左手是人家，右手是黄河，那些院落和票号被深深地掩映在一片碛声之中……这节令渐渐有了二胡凄清的韵味，在最初的民谣之外纷纷凋零。

二

走回客栈时，月亮躺在湫水中睡着了，而小镇的夜生活刚刚醒来；拉三弦的老人咿呀地唱着："九曲黄河十八弯，宁夏起身到潼关。

万里风光谁第一，还数碛口金银山。"百年前的碛口曾经商贸两旺，用"生意兴隆通四海，财源茂盛达三江"来形容毫不过分；上千艘木船自北方的河套顺流而下，它们遮天蔽日的帆影在湫水上穿梭。从陕甘宁和内蒙古运来的药材、皮毛、盐碱经此地转运至祁、太、平和晋阳，而东路的布匹、丝绸、茶叶和洋货则沿河北上。那时候从口内的市场卖的东西大半都叫"碛口货"，它们成就了一代晋商的汇通天下。我耳边仿佛响着数十年或数百年前人们搬运货物的声音和骡马的叫声，码头上是灯笼和火把，历史在黑暗中明亮起来。

晚饭是碗托和油茶，碗托是荞面的，做法与晋中不同；是用葱姜糖蒜和了肉丁炒成臊子，再加粉条和海带丝，最后放入碗托；炒好之后散发着葱和肉浓烈的香气，这就是黄河古渡口的味道。

我喝着油茶，听着张树元老人的歌声，这是他的保留节目：《碛口名妓冯彩云》。冯彩云在碛口可谓人尽皆知，众口相传着她的绝世美貌和苦难人生；碛口人似乎愿意把她打造为一朵出淤泥而不染的莲花，什么"除暴安良""劫富济贫"之类的形容词都不伦不类地被堆砌在她身上，这样说来她不像一个名妓，倒像一名侠女；然而你问他们这个女子具体的济世功德，又没有人答得上来。因此我并不相信这些子虚乌有的传说，我只愿相信她曾经作为美人的存在——碛口这样的销金之地，怎能没有冯彩云呢？她的名字就是一首诗，像深秋中的一段彩云，美艳、璀璨、变幻莫测，超越于河流和天空之上，超越于她的恩客和珠宝之上；作为一代红颜，她倾国倾城、高踞莲台，她的眼波穿越千年，颠倒众生，她是那种既能自渡又能渡人的女人。

"家住陕西米脂城，市口小巷有家门。一母所生二花童，奴名就叫冯彩云……"她从一衣带水的陕西被卖到碛口，碛口为她准备了如流水的驼队和客商，以及他们豪掷的金银和亦真亦假的爱情；"多亏朋友陈海金，引奴到兴盛隆；一身衣裳都换尽，还送奴桃花粉……"

血泪斑驳的人生中，几件衣物和一盒脂粉就是她久已向往的温暖，她开始神女生涯："第一个朋友……第二个朋友……泪蛋蛋本是心头血，一天我也不想活……"她凄厉的哭声荡在碛声中，病死时年仅二十七岁；当唱到她的骨灰需要送还米脂时，张树元老人哭了。三弦抖着，有蠡斯的叫声嵌在歌声里，一只乌鹊在枣树枝头飞起，隐入碛口的夜色，西风凉得如此彻底。流年如同一场炼狱，任你绝世枭雄、倾国佳人都要绝望地低眉垂首，众生如此。我也跟老人一起怆然涕下，是因为人生不如意十之八九，我们总有那么多的遗恨难平。

堆积着丝绸和茶叶的河水边，冯彩云或许曾在这里捣衣洗菜，也许她会把残留着脂粉香气的洗脸水倒在河水中，她的死亡在碛口迎来送往的传说里是香艳的传奇，这传奇令她成为一种宿根深远的植物，盛开在比生命更广大而复杂的生活之中。在深秋时节，她被大风吹落，但是她的种子还在，埋藏在此刻我所站立的地方。

三

第二天，我坐船到西湾，看黄河画廊。这是巨大的惊世杰作："百里黄河水蚀浮雕"，仅仅这个名字就带给你巨大的感官冲击——悠长的河流中，是绵延不绝的赭红色崖壁，千仞之高，万丈之长，每一块临水照花的石头上，都有一眼洞窟，犹如佛龛，犹如天眼，其中端坐着或涅槃或羽化的精灵，有异兽、有草木、有妖物、有天神……它们姿态各异，它们千重万复，它们历劫飞升，它们竞发争渡；万物在生长，众生在狂欢；我想，当年的乐尊法师若是从此泛舟南下，碛口渡便是莫高窟。

我请船工将小舟划近峭壁，摩崖光滑宛若水洗，我伸出右手去触摸那壁上绝美的飞天，它看似很近却遥不可及。没有来过这里，你不会知道黄河是一条什么样的大水，碛口是一个什么样的渡口。残阳如血，沿晋陕黄河峡谷漫漫而去，将岸边铁灰的岩层和石缝中努力探头的棘草一并收集；前方又是一片碛，巨大的轰鸣隐隐传来，与我漫无边际的目光相接，荡起在黄河之上，像一个天衣无缝的隐喻。

碛比人坚硬，但在白驹过隙的幻灭中，它也只不过是沧海一粟。我在听着碛声，它潜在的语义被我艰难地解译，我以为它是最具神性的黄河的图腾。碛是孤独的，像我们的人生；它在漂流和激荡中循环着一种黏稠浓重的乳液，一种流转于昼与夜、生与死之间的介质，因此它发出轰响，如此激越，如此苍凉。当如云的驼队一匹匹退回北方，消失于回首的古渡口，只有碛声永远不变，它上升为一种悲鸣，一种在裂缝中挣扎的哀声，在漫长、琐碎、单调、无情的时间长河中，它没有方向，因此我们需要寻找，需要追求——我是一个懒惰的人，我其实不愿追求任何事物，因为求之不得会给我带来痛苦。但是因为种种原因，我只能在人生的碛口中不断摆渡，不断追寻。人生有大苦，痛苦的起始，就是这条碛，它诱惑我百渡而不悔。

赏析

今日的碛口古镇繁华凋零，张玉在同样凋零的秋季逛古镇，临河边，上黑龙庙，回客栈，赏画廊。她把目光伸向更深处，看到了一片生长了千万年的巨大的碛，听到了环绕它的空隙、沙石、胡琴和河流在深秋发出的另一种轰鸣。

张玉依然在她富有质感的语言底色上，用多种修辞绘出斑斓而香气四溢的文字花朵。你看，她说沉下去的河床是饥渴的；她说碛口的气息是潮湿陈旧的。壁上的洞窟，她说它们"千重万复，它们历劫飞升，它们竞发争渡"，说它们"在生长，众生在狂欢"，一个咯噔都不打，这排比，势如破竹，声如飞瀑。就连冯彩云这个名字，她也会联想成"深秋中的一段彩云，美艳、璀璨、变幻莫测"。语言美！一个美字，就是无限和广阔。

过渡作为章节间的纽带，应自然不做作。本文显然做到了这一点。"客栈"是内容上的纽带，既是冯彩云故事的缘起，也是览黄河画廊时间上的缓冲；写生少女的手随意一指，自然过渡到下一个景点黑龙庙；在黑龙庙顶俯瞰联想到节令似二胡的凄清韵味，这又何尝不是为客栈里三弦之声洒下的一缕清月？

散文离不开表现手法。张玉在用这把刀做一桌文字盛宴。她刀法娴熟，统筹安排，前有伏笔，后有照应。她一开始就提到冯彩云，谜一样的女子，她想结识，我们也想走近。这伏笔，牵着我们的好奇，吊着我们的胃口。在客栈夜晚的三弦琴声里，我们终于看清了她胭脂一样的面容和落叶一样的命运。

用象征揭示主题。碛口，不仅是运载货物的渡口，更是人生渡口的象征，我们的一生都在驾着生命的小舟不停摆渡，不断追寻，苦而不悔。

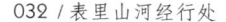

（王玲花）

牧童遥指杏花村

一

酒文化一直都在传承。沧海桑田，隐于杯中的中国人的精神，或淡泊，或浓烈，是不同的人生姿态。世事更迭中，浪淘尽千古风流人物，唯有饮者留其名。

因酒而传世者，首推杜康，杜康造酒，民间与方志皆有多样传说。一说杜康是黄帝的大臣，负责管理粮食，有一次突发奇想，将粮食倒入枯死的树干之中，过了一段时间，盛粮的树干裂开了缝隙，渗出浓香之水，有走兽闻香而来，舔舐汁液，醉卧于地，杜康饮之，神清气爽，遂解酿酒之道；另一说，杜康年少时以放牧为生，带的饭食挂在树上，有一次忘了吃，数日后发现剩饭发酵，生成清水，甘美无比，便能造酒。

酒风日渐繁盛，魏武帝曾有《短歌行》名世："慨当以慷，忧思难忘。何以解忧？唯有杜康。"后世诗家妙笔生花，写就浩浩汤汤比美酒更美的华章，但要我说，都无法比拟这短短数句的高度。因此敢问世间饮者，谁能比过老曹？

一个诗人的一生不可能没有酒。它是与生俱来的，还是源于文化，源于激情，源于一种病态？但所有人都注定随着这三千弱水一路淌去，不可回环，不可转圜，直到汇入一片更神秘的宿命的汪洋。在清明节走进一位诗人笔下的村落，看杏花烟雨，喝穿越千年的美酒，多么像一首诗啊。

是的，我说的是杜牧、汾酒、杏花村。

此刻，杏花村中仅存的一棵老杏树满树的杏花在北门外开得烂醉如泥，它覆盖了我能够看见的和不能看见的路口。它们千年以来都是这样，一代一代文人墨客在酒香中挥洒着关于它们的印象，而我所看到的杏花村，像一本年代久远的画册，它渐黄渐脆的册页上浮现出冷雨和牧童……

走进汾阳东堡村卢家街那座砖木老宅时，我趔过摆在门口的几个小摊，将雨伞搁在门楼下。据《北齐书》记载，杏花村的酿造史自北齐河清年间始，历经唐、宋、元、明、清，至今一千五百年没有间断。

这遗址据说是宋代的"甘露堂"，现存为堡墙式院落，有南北两组院落，阔大而开朗。北院为酿酒作坊原址，有五个小院，且遗存有发酵地缸；院内有一元代古井，井上有亭，名曰"古井亭"，这井水至民国间一直是汾酒酿造的专用水源。院内还保存明代酿酒所用的甑筒一个，墙上嵌碑一块，碑文是傅山手书："得造花香。"

二

展馆内有品酒室，游客可以随意品尝各种美酒。大家喝了一杯又一杯，交流着各自品到的酒味，有说甜的，有说辣的，有说辛烈的，但最后结语均是"好喝"二字。一位工作人员笑着询问我的感受，我答非所问地说："美酒需美器，譬如不同的酒需用不同的杯子来盛，更能给酒客以文化熏陶。金庸先生说喝汾酒当用玉杯，唐人有诗云，'玉碗盛来琥珀光'。可见玉碗玉杯，能增酒色。"这小伙子很凑趣，一边赞叹一边请我签名，我做深沉状，取笔写下"玉碗盛来琥珀光"。那个"玉"字我特意写得很大，一点格外圆，我说这就是我的名字，不必另外签了。

  条几对面有一个清秀的少女，若有所思地看着我，而我隔着几上几杯残酒看到了另一个少女，或者说是最初的像她一样瘦弱的还不会饮酒的年少的张玉，她跪坐于幽暗的冷雨和寒风之中，但我无法看清她眼睛里流动的黑色部分。在这座建筑的残存原貌与新建华屋遥相对照之间，我感到了一点恍惚和伤感。

  出来时已是黄昏，在街上漫步，零星游客散在巷子深处，雨已经停了，空中还是不见星斗，星星在月光之外，我独自向北行走。前面有一个小饭馆，店内七八张条式餐桌空空如也，店家正在吃饭。我进去坐了，拿了菜单，点了一份笋烧肉，一个皮冻，又要了一小瓶汾酒。我让店家给我把酒热一热，自斟自饮。

  现在的人喝酒常不热酒，其实汾酒加热一下更好喝，我小时候常见爷爷拿一种细腰长颈的酒器置于沸水中烫酒，热气中有扑鼻的清香。《红楼梦》中黛玉吃了螃蟹，也要一口热热的烧酒。袁枚说："既吃烧酒，以狠为佳。汾酒乃烧酒之至狠者。"我今天就是要喝这样狠的烈酒。笋很鲜，有清气回荡，肉却不是我想要的那种，这不是北方的红烧制法，而是接近江南的梅干口味，它的力度不够。我想要的是一场犀利的叙事，而非娓娓家常。倒是皮冻莹白如冰雪，似我在某个夜晚漫不经心的一瞥中，蓦地闪现的纯白记忆。

三

  我找不到牧童了，或者早就已经没有人在我心里放牧了，两千年了，杏花村由村而镇而城市，物是人非事事休，就像人生中的那些岁月，一去不能复返。清明时节雨纷纷，三月初十已经过了，那一场雨也停了，岁岁年年酒旗招展，杏花村很近也很远。

或许在我的世界里，一生中都感觉汾酒是一种伤心的酒，这感觉是源自杜牧"路上行人欲断魂"那千年的寂寞吗？也不一定。我很喜欢这种酒，它叫玫瑰汾，略带一点甜，我的一个朋友是晋南人，他的口音，念"汾"作"妃"，这样一曲解，顿时很有诗意。至于说"妃"的含义或影射，我一直不曾细想。这个人已经很多年没有音讯了，但是独自一人品饮一杯玫瑰汾的时候，我还是会想起他；一个人向着夜色，听鸟鸣和蝉鸣，唯酒意在心中回荡。

我唱起歌，现在没有人能听到了，我不必再害怕，不必再害羞，我抬起头对着金黄的遥远的月亮大声唱：

> 头茬韭菜怪有味，相好的，维朋友要维那有心的
> 自从那天你走了，相好的，悠悠沉沉魂丢了
> 松树栽在脚跟地，相好的，落下叶子忘不了你
> ……

黑夜此起彼伏，月光不胜酒力。我呛咳起来，有一个音符在我心里跳，但是我的嗓子哑了，我张了张嘴，听不见自己的声音，我回头的路消失在灯光里。

走回杏花村商务酒店，门前业已冷清，偶尔一辆出租车路过，看见我在门口伫立，便将速度放缓；但开到身前，不见要车，于是加速离去；它决然的姿态像一尾吐出饵料逃去的鱼。晚风沙沙作响，是酒店门前的法国梧桐，我渐渐有些难受——那些汾酒，那些寂寞又喧闹的、清冷又热烈的玫瑰之水，它在我的胃里烧起来了，它们的声音在北中国的暗夜中红得像一盏灯笼。我扶着墙壁回去进入3102，放下淡灰的窗帘，满城月光仍然明亮，一座沉醉了千年的清明的村庄。

赏析

牧童遥指杏花村。那是诗歌里的杏花村，那是杜牧的杏花村。牧童无影，往昔不再，华屋新建。我们透过题眼的窗户遥望，耳边响起的是惆怅、惋惜、怀念交织着的哀伤小调，它氤氲杏花村上空和作者的心头。

如何表达这主题，张玉游刃有余。除去题目的精心拟定，还在于时间、天气、人物的设定。清明节、雨纷纷、独自一人，看似巧合，实则是在用力为情感搭建背景。这惆怅的基调，只有和上一曲哀伤的主题曲子，才好。当然，这情感，始终流淌在字里行间。

游踪线索，清晰可视：东堡村老宅—展馆—小饭馆—酒店。时间流淌、地点转换、定点观察、精彩描写、流畅叙述、委婉抒情。不跳出游记散文藩篱，却打破常规，红杏出墙，试图在造一个别样的春天。

这春天，我们看到了。从酒文化启笔，或传说、或诗文，虚虚实实里，增加了神秘，丰富了内容；再到诗人与酒，巧妙点题。展馆品酒，不写如何品酒，而写好酒要配玉器；饭店饮酒，不写汾酒如何好喝，却回忆爷爷烫酒的喝法。最后由玫瑰汾引出一段往事。这样的独特编排令人耳目一新，更具吸引力。

开头满树的杏花开得烂醉如泥的老杏树，结尾酒店门前的法国梧桐，既在首尾上呼应，又何尝不是昔日与现在的象征？爷爷烫酒而饮，而今人饮的是冷酒；昔日有亲情和友情相伴，今日却对月独酌；这对比中，有怀念，有惋惜，更显悲凉。展馆里隔着几上残酒看到了清秀的少女，恍惚如见年少的自己，虚实结合里，无不伤怀。

（王玲花）

幽人在涧
——忻州散记

一 情为何物

在路旁长满青草的小丘下，我踟蹰了片刻，心中默念着元好问的词："问世间情为何物。"

这像是一部小说的开头，充满暗喻的意味。

走进去时我很惊讶，暮色中的墓园大得出乎我的想象，它在琉璃色的夕照中打坐，如同一个结界。我的步子惊起树梢的乌鹊，在它们展翅的瞬间，细碎的风声揭示出那种惶惑，鸟群如潮水逃离，退入林子深处。它们杂乱的鸣叫声中，我和那些参差的句子狭路相逢。我是先知道那首词，然后才知道元好问。因为它寄托着我年少时神雕侠侣的梦想。

天南地北双飞客，老翅几回寒暑。

那一天他在埋葬大雁的小丘边一定坐了很久，这首词与其说是凭吊那双大雁，不如说是他自己面对生与死、爱与恨的呓语。"欢乐趣，离别苦"，他写下这首词时年方弱冠，他少有才名，出身优越，我想不出是什么原因让这样一个锦衣玉食的少年才俊发出如此苍凉的感喟，他似乎在此刻已经看到了自己的过去和未来，他的人生就此成谶——"渺万里层云，千山暮雪，只影向谁去"。

我穿过墓园中长长的甬道，两旁青草没膝，草丛中是石兽和翁仲，它们的目光坚硬而沉钝，端坐的姿态令人困倦，仿佛这段路是一生那么遥远。暮色弥漫在这条路上，光线陆离，是时光中唯有用诗文可以叙述的往事。那么多的墓头林立，他的曾祖父母、祖父母、生父母和嗣父母，每一个高高的封土堆前都有松柏，黑色的树身和苍翠的树冠渲染出一个又一个的时代。数百年来，这个家族长盛不衰。

元好问确实是一代文宗。他留下许多关于战乱的诗章："白骨纵横似乱麻，几年桑梓变龙沙。只知河朔生灵尽，破屋疏烟却数家。"这些诗血泪斑驳，沉郁顿挫，正如赵翼对他的评价："国家不幸诗家幸，赋到沧桑句便工。"他始终牵挂着表里山河，如同他少年时对大雁的执念，至死不渝。他又工于山水诗赋，奇崛而清雅。他的《遗山集》，不能说字字珠玑，但总体水平确实超拔于那个时代。他像杜甫，苍凉悲愤，但比老杜多一些浪漫；他也像辛弃疾，但没有辛诗的雄壮；他的诗词，总令人感到不可名状的悲哀。

他的仕途并不顺利，三十二岁进士及第，因科场纠纷被诬为"元氏党人"，直至三十五岁时才居官汴京，四十二岁，蒙古军攻陷凤翔，他辞去幕府，后来他转徙数地，被俘、被囚、被放逐，蹭蹬度过余生……他一生不曾出仕蒙元。

我在他的坟前小立了片刻，伸手拂去几片碑上的残叶，其实他与我亦算有缘。八百年前他曾经路过我的家乡，在一个名叫硖口的村子留下一首《榆社硖口村早发》：

瘦马长途懒着鞭，客怀牢落五更天。
几时不属鸡声管，睡彻东窗日影偏。

这首诗其实平平，与他的《摸鱼儿》相去千里，那是1238年，他的人生已到中年。无巧不成书，前几年一位朋友托我给峡口裴氏写一篇碑记，我并不推辞，一挥而就——我这个人，一向不大懂谦虚。写了之后我在想，当年李白登临黄鹤楼，曾经说："眼前有景道不得，崔颢题诗在上头。"那么我今日此举，是否对元好问有托大之嫌？于是重新找出他的诗来看过，看来看去，确实是首不怎么样的诗。

二　天机难测

大运高速公路南下，就是三晋文化的重镇忻州。除了这条官道，就是鳞次栉比的小山，青翠秾丽的绿荫；园林、流水，精心雕琢和自然野趣交相辉映、层次分明。不论是春风十里，还是秋高气爽，都永远流转着那份遗世的超然与孤独；这样的山水无疑是会孕育钟灵毓秀的人物，如元遗山，如傅青主。

鸟语花香之中，地涌温泉之侧，就是傅山故居。这是一座大四合院，门前是广场，大路沿门而过，不多远就是驰名三晋的顿村温泉——温泉水滑洗凝脂，傅山大约也曾亲试兰汤。

他是民间传说中妙手回春的神医，是梁羽生笔下剑气纵横的侠客，也是遗老们满怀敬仰的朱衣道人。"青主"是他的字，据说是由他早年的小字"青竹"的谐音转来，但是我觉得不是，"青主"这个词有天成的桀骜不驯之气，类似于"白帝""东君"这种名号，于傅山来说，确实比简单的"青竹"更彰显性情。

不过在这里我还是要说，将傅山一世清名扬于天下的所在不是这里，他的人生舞台并不在这里，这里只是他的祖籍地而已。他不曾在这里出生、成长、逝去。

我走过长长的碑廊，这些碑刻据说有四十五块，都是当代名家的杰作，书写的内容是傅山的诗。我看了几遍，这些名家法帖果然铁画银钩，书写的大多是七绝，取其整齐划一吧，但是过于整齐了，未免有失雕琢，缺少自然意趣；好在廊中还有傅山自己的石刻作品，有十二方，众体兼备，神采超拔，我看得入神。最喜欢其中一通行草碑刻，可惜有很多字太草了，认不出来。

傅山的书法最早习赵体，后来因为政治原因，他对赵孟頫大加鄙夷，刻薄斥之为"小人""匪人"；但是到了晚年，他重新归于赵门，认为赵孟頫是一代奇人，艺术成就非自己可及。他写下这样的诗句来评价赵氏：

秉烛起长叹，其人想断肠。
赵厮真足奇，管婢亦非常。
醉起酒犹酒，老来狂更狂。
斫轮余一笔，何处发文章？

尽管他仍然声气恶毒，称赵孟頫和夫人管道升为"赵厮""管婢"，但是孺慕之情、叹服之意溢于言表，是几个贬义词掩饰不住的。

我仔细观摩傅山的书法，确实能看出其中有赵体的圆润流美。我隐约觉得，傅山对赵孟頫的评价之几度转折，也掺杂了他的人生态度和政治立场的变迁。年少时的傅山家境豪富，不知人间疾苦，喜欢丰神秀美的赵王孙是合乎情理的心境。青年之后，家国凋零，山河破碎，爱妻早逝；傅山的人生一下子变得枯瘦而尖锐。他那样决绝地仇恨着异族，自然对赵孟頫的事敌之行深恶痛绝，他告诫子孙："予极不喜赵子昂，薄其人遂恶其书，痛恶其书浅俗如无骨。"这样的评价属于以人废书的观点。然而，随着社会逐步稳定与繁荣，明亡已是不可更改的现实；也许傅山意识到文化的薪火相传之艰难及其重要的历史意义，领悟到赵孟頫把自己的理想和抱负寄托于艺术传承，是多么忍辱负重。总之，傅山最终还是承认了赵孟頫夫妇之惊才绝艳，这里面也包含着他对明亡大势的认可，对人文感召的深切寄怀。最终，傅山的选择成就了他自己，也切合与天地同游的文化，他成为另一个传奇：

他是一个书法家，被推许为清初第一人。力倡"宁拙毋巧，宁丑毋媚，宁支离毋轻滑，宁真率毋安排"，三百多年来一直备受推崇。

他是一个画家，他的画与八大山人的风格相近，《图绘宝鉴》评述道："画出町畦之外，丘壑迥不犹人，其才品海内无匹，人不能尽识也。"

他通晓经史、诸子、释老之学，著有《霜红龛集》四十卷。精鉴赏，开清代金石学之源。

他还是一个真正的武林高手，1984年在山西灵石县发现了一本名为《傅山拳法》的拳谱，经鉴定正是傅青主所著。

……

或许，这就是他对收复山河的另一种解读——以文化的传承延续华夏的血脉。

碑林左侧是一方小湖，有假山、有奇石，还有瀑布，踏上曲折陡峭的"云梯"，两侧是密匝深绿的灌木，林中掩映着亭榭，让人想起《七剑下天山》。

我在亭中歇息片刻，感到四面来风，极目而望，层层绿叶无法看透；顾炎武的一句话在心头一转："萧然物外，自得天机，吾不如傅青主。"是的，他从来都是异人，他能诗文、善书画、治病救人、游学尚武，他一生所学集国粹之精华、国学之大成。这样的人物，的确当得起"知天机"的评价。

云中河畔的这方洞天，是傅山一生荣辱、起落跌宕的总结；后人建造的这座别苑，是附丽，也是寻根；既可以看成一个文化符号——一个单纯的瞻仰祭祀的场所，也可以看成是今日文化复兴走向前台时,"天人合一"思想的完美呈现。它涵盖了政治、文化、儒、释、道、寄情山水和崇尚隐逸几大要素。因此,单纯的游玩不属于傅山,而纯粹诗意化的抒情和祭拜,也显得单薄。这可能就是中国文化的深远和曲折吧。

白炽的阳光被扶疏的花木滤得细碎柔和,尘世的喧嚣被水声风声林声鸟声洗得干净,傅山幸甚,忻州幸甚,所有知天机者幸甚。

三 绿肥红瘦

我首先看到的是一座年久失修的门楼,并不高大,但依稀可见精巧复杂的雕刻,彰显着它曾经的尊贵。主屋在层层门槛后出现,苍凉的青苔爬满石阶,而重檐斗拱依旧巍峨,不失气势。

小巷中零散地坐着几个村妇,手里择着豆角,门口有几株歪歪斜斜的花草,有小孩子尖锐的哭声。我站在门口停下来,朝满墙花藤看了看,就跨过门槛,走进院子。走过沿墙堆放的煤球和一畦畦小葱、芫荽,就是这座二层小楼了。

这里是五台县东冶镇东街朝元巷,徐继畬故居。

徐继畬,字健男,号松龛,山西五台人,乾隆六十年(1795)生。曾任福建巡抚。当然,为官作宰虽然显赫,并不足以让我们来此拜谒于他;他之所以被后人铭记,是因为他的眼界和格局:他被称为中国近代开眼看世界的第一人。

"葡萄有牙也可,西班何物,竟也发牙?显系该大臣妄奏,恳加以欺君之罪。"这是清朝某大臣参劾另一大臣的折子,今天读来,真的令人笑落一地"葡萄牙"。对世界的无知是晚清颟顸愚昧的表现;将中国人从"天朝上邦"迷梦中唤醒的,是近代地理知识的传播;而近代地理知识的重要传播著作之首,正是徐继畬的《瀛寰志略》。

在《瀛寰志略》一书中，徐继畬明晰地告诉国人，在大清帝国之外，地球上还有更为广阔的世界；在满蒙贵族之外，世界上还有民主的元首、自由的体制。他盛赞远隔重洋的美国总统："华盛顿，异人也。起事勇于胜广，割据雄于曹刘，既已提三尺剑，开疆万里，乃不僭位号，不传子孙，而创为推举之法，几于天下为公，骎骎乎三代之遗意。其治国崇让善俗，不尚武功，亦迥与诸国异。余尝见其画像，气貌雄毅绝伦。呜呼，可不谓人杰矣哉！米利坚合众国以为国，幅员万里，不设王侯之号，不循世及之规，公器付之公论，创古今未有之局，一何奇也！泰西古今人物，能不以华盛顿为称首哉！"

这段文字被铭刻于大洋彼岸的华盛顿纪念塔中，百年之后仍令人读之热血沸腾。他用典型的中文士大夫笔法赞许遥远的美国民主政治，这是一次穿越时空的壮举。

现在的徐继畬故居里住着三户人家，从破败的院落和寒酸的陈设可以看出他们生活拮据，徐氏后人并没延续祖上的荣光。据说徐继畬生前故宅也是颇具规模的，但经过几番动乱，流年变迁，不断地分割、拆毁、改建，现在只剩下这小小的庭院和寥落的几个守护者。这与徐继畬直到今天在中国仍没有得到相应尊重之命运暗暗重合。

参观者不多，不过还是断断续续有些人来拜谒，包括美国人和日本人。绝大多数的日子里，徐氏后人并不能以此排遣寂寞，得到实惠；换言之，这位显赫一时且流芳后世的先祖，并没有给他们应有的余荫。不过那又怎样呢？对于徐继畬来说，这样的岁月也许正在他的预料之中，也是他希望看到的结果。抛开世人熙熙的气息，看看青苔和藤蔓在老屋前点点洇染，一丝隐逸之气油然而生，我继续在这清淡得有些失真的老宅里看着、走着、想着。

徐继畬性格开朗而温和，对外交主张"按约理论"，通过谈判等和平手段解决问题，在福建任职期间，他一直与激进的林则徐政见不合,以致被林参劾免职。在鸦片战争的大背景下,林徐之争不过是策略之别,很难说哪一个更正确;林则徐虎门销烟,威名震于当世,徐继畬则受到"妥协""卖国"之消——不过我想徐继畬也不大可能对这些攻评感到惊讶和愤怒,他甚至会微微一笑。他睁眼看世界,不就是为了跳出这个你死我活的尘世吗?他是个聪明人,知晓官场的凶险和明哲保身之道;他眼见万事如浮云,终于选择北归故里,在平淡逍遥中度过余生。这就是徐继畬,一个在传统与现代的夹缝中艰难游走的先驱者;在他的身上既积淀着厚重的历史文化传统,又映射出一个变革时代的现实光影。

二门前有一棵树,枝繁叶茂,颇似人形;似乎是徐继畬身影在百年后的再现。但我更愿意从诗学和美学的意义上去审视它,我想徐先生也许曾在这树下悠然而坐,将满怀忧思寄托于青萍之末。这个用智慧打开天眼,最终归隐山林的退密斋主,他真的看清了世界,真的避开了红尘,如这棵随风摇动、枝叶轻拂的树吗?

夕阳的余晖已抵达这座百年老宅,候车间隙,我再次朝徐氏故居望去,之前心中的激情渐渐消散。世间万物的形式和本质都归于尘土,所有的外在繁华都不过是尘土之外的一线阳光,随着夕阳西下,终将寂然落幕;或者说,此地曾经是大圣先哲心灵和肉身的栖居地,幽幽古宅于滚滚红尘,谁是谁的过客,谁是谁的点缀?

徐继畬知否?世界知否?

赏 析

元好问陵墓、傅山老宅、徐继畬故居,看似毫无关联,实则具有共同之处,地域上都处于忻州,皆为名人遗迹。如何布局?怎样统筹?张玉采用品字结构,片段组合。三个小标题,统帅于大标题"幽人在涧"之下，四字构成，整齐和谐，古风扑面，韵味无穷，这一呼一应里，皆是美感。

三个章节，皆秉承游记时间顺序和游踪线索移步换景，定点观察；却又有所不同。就点题而言，凭吊元好问陵墓，开篇即点；瞻仰傅山故居，则在结尾。而拜谒徐继畬故居，却在中间，是属于内容上的呼应；如今破败的院落、寒酸的陈设，与昔日故居的颇具规模一比，那不正是"绿肥红瘦"吗？

内容的安排上，三个章节大致相同。比如，都有生动的环境描写：夕阳中肃静的墓园、碑林周围密匝的灌木、爬满苍凉青苔的石阶。比如都写到主人的生平、成就和影响。只是顺序上的不同、各有侧重而已。皆是记叙、描写为主，兼有议论、抒情。

本文在表现手法的运用上也很成功。比如第一章里，用脚步声和鸟鸣声来写夕阳中墓园的肃静，以动衬静，则更静。比如，元好问的《榆社硖口村早发》与《摸鱼儿》的对比；徐继畬昔日颇具规模的故居与现实的破败和寒酸对比；这对比既突出主旨，又引我们深思。

她引用古诗词信手拈来，韵味无穷，与陵墓、旧居、故人，相得益彰，不由得打开我们联想的通道，人物形象更高大，崇敬之情油然而生。

昔人不在，遗迹尚存，凭吊陵园、拜谒故居，除了这些，我们还应做什么？也许，这真是我们读了本文后的另一种思考和收获。

（王玲花）

又见平遥

时隔多年，我又来到平遥。

平遥现在太有名了，去过没去过，都知道那是个青砖黛瓦、古色古香的北方名镇。所以，站在青灰色的女墙边，我也只是说，是啊。

正是上午的游览高峰，又赶上十月的黄金旺季，古城中车如流水马如龙，每一条小巷都是游者如织。我在人群中信步前进，似乎漫无目的，又似乎心有所系，这一切像极了我曾经做过的某个梦——旧梦重温的好处和坏处可能都在于此吧。看着路标行行复行行，有的景点反复走了好几遍，有的根本找不到，有的身在其中却不自知，比如迎薰门，其实我就是从那里进来的，但我不知道方位，还在地图上寻找那扇早已路过的城门，城楼上人来人往，不知有无人极目远眺时注意到城门下踟蹰的路盲。

人流如织，间或有金发碧眼的异客，在漫地的青石上，在这座喧闹不堪的疲惫古城中穿行，各地的方言混杂成酸辣的碗托，推着小车叫卖的老头老太唧唧哝哝地询问着过往的游人，不断将行者拉入他们的盛宴。我也坐下来，其实我是喜欢那些推光漆器和布枕头的，却不愿在此刻买下它们，我以为应该有人送我那么一个梳妆盒子，嵌螺钿的，散发着温润的光。

平遥就在身边，它的核心，日夜流转着悲欢离合，票号与客栈鳞次栉比，门口有身着古装的女子招呼行人，满街的游客，我不知道哪些是故地重游，哪些是人生初见。这像是一场漂流，不断相遇，然后离别。我又来到县衙，数年前的记忆涌上心头，池塘还是原来的样子，池水更为清澈，我想起那个时候我正在构思一部小说，是穿越剧情，女主角对她的情人说："我们要是穿越到这里，你做县太爷，我给你当小丫头。"那男人问，为什么做丫头呢？少女笑着答，人家不让带家眷呀……后来就没有后来了，只留下一个有关三月初十的记忆，刺痛着流年；像我的所有经历一样，像我这失败的青春和人生一样，虎头蛇尾，有始无终。门前的对联依旧："花荫昼静闻莺语，厅落春闲有燕泥。"只是现在莺儿燕子俱尘土。不过这个后花园是真的不错，景色清幽，小而精致，确实适合孤身居官的县令携一娇俏丫鬟，红袖添香夜读书。红袖本就是危险的诱惑，添香更含有致命的怂恿，来一场风花雪月似乎顺理成章，满城都是温软的香，这就是我的平遥。

卖碗托的老人努力把平遥方言转化为"普通话"，他告诉我，别走了，一会儿这里有民俗表演。他笑着，一边点头一边竖大拇指，他一定已看过无数遍，因此隆重又骄傲地推荐给我。那演杂技的年轻人赤膊披一件半袖，头顶一个大坛子；他伸展双臂进退几次，渐渐有人围观。一会儿，他开始加大幅度动作，潇洒自如地翻滚，那坛子却始终稳在头顶，所有人的眼光也跟着他一会儿爬，一会儿翻。出人意料的是喝彩的人却没有几个，整个过程像部默片，我觉得他寂寞极了。

在我的小说里，那对情侣穿越了，但是他们走散了。少女投生在贫家，在溪边浣纱，菡萏清香，溪水映着她的如云鬓发；而渡口另一侧，她看不到的地方，那个男人背着书囊赴京赶考，蒹葭苍苍在他脚下。汀州边、古道旁、夕阳之下，他们有很多可以相遇的机会，最终却都擦肩而过，没有谁是负心人，只是命运不令他们再相逢。两个人都生活在别人的生活中，他们于异世的天空下东奔西走，却不能和心爱的人共白首。

我只待半天，看来等不到《印象平遥》的繁华热闹了，只好隔着千年的女墙与这莫测的城池相对。我坐在青石上，那些台阶古老、狭窄、潮湿，阶下有青苔；坐了一会儿，暮色浓起来，石阶变成铁灰，怎么看怎么觉得伤心。

赏析

本文最耐人寻味的是标题。

一个"又"字，寄托着作者的浓浓情丝；前世今生，似曾相识，无常人生，曾系一梦。

好一个"又"字，用"时隔多年"开篇，而多年前曾游过此地的恍惚往事，在文中几乎不着履痕，但又似乎处处都在与今日的重逢比较着。全文紧扣这个"又"字展开，将作者对平遥的似乎熟悉到骨子里的情愫从这个"又"字中一一展现。

那街、那楼、那客栈、那铺面、那手工艺品、那小吃、那杂耍……都曾经存在过又似乎永远不会消逝，像默片般一幕幕演绎着、记录着，是欢喜是忧伤；作者在黄金旺季的游览高峰，行行复复变成个路盲，却被这喧闹而疲惫的古城深深吸引。这样的一份心情不是因为平遥现在很有名，而是源自先入为主的情有独钟。作者将一个"又"字细细密密地隐织在字里行间，将那份厚重的深情含蓄地掩藏在所见所闻中。

本文独出机杼的是构思。

对于天下闻名的古城平遥来说，可观可研的名胜历史、可尝可品的民间小吃与工艺太多了，作者能在千字之内把古城风韵写活，足见其灵巧笔力。作者的情感如蚕吐丝般把对平遥的独特感受绵绵不断地织成一个茧，用诗的浪漫、自由、跳脱，虚实结合，将平遥文化在理想与现实的交织中展现：有酸辣的碗托盛宴、有寂寞的顶坛杂耍、有鳞次栉比的票号与客栈、有人来人往的城楼、有身着古装招呼行人的卖家，作者没有写热闹的民俗表演，也没写大型情景剧《印象平遥》，就写与古意相关的凡人琐事，反而更见平遥韵味。

　　文章结尾以景结情，更是余味无穷。

　　暮色铁灰，尽是伤心，作者真正伤心的又是什么？是收不到推光漆艺的梳妆盒，还是梦断平遥的红袖添香？是即使穿越三生三世也无法保证的爱情，还是人类永远都无法预知的未来？

　　全文景情理结合到天衣无缝，语言自由如行云流水。

（苏宝银）

　　苏宝银，女，1967年生，山西省平定县人，山西省作家协会会员，笔名苏澈。任教于山西省榆社中学，中学语文高级教师。系全国"十五"至"十三五"重点课题负责人、全国教育艺术名师工作室访学名师、山西省语文学科带头人、山西省333人才工程晋中市学科专业技术人选、晋中市名师培养对象，榆社中学"怡心文学社"负责人。曾任晋中市二至四届政协委员，作品散见于省内外多种报刊。出版个人诗集《水银月亮》《木月雪莲》。

素昧平生

我在新绛的行走是以找酒店开始的，而且这一找就花了一个多小时。一个长相精明的中年妇女尾随了我很久，喋喋不休地询问我是不是要住宿，她急而快的晋南方言让我的心情更急躁了；可我还是没有跟她走，她只好离去。我问了几家酒店，终于在一家不大的民居客栈里找到了自己喜欢的那种房间：一百六十八元一晚，有清淡的米黄色壁纸和银灰色窗帘，桌椅是松木的，飘着淡淡的香气。

中秋的晋南已经没有了酷暑的肆虐，夜晚清凉曼妙。第二天阳光明媚，来来去去的人群衣着鲜艳，与地上金黄的落叶共同构成清美的秋色，让我的新绛之行十分惬意。

走在县城的中心大街上，有一座高台立于街尽头；台上建寺，寺前有亭，亭中树碑，碑号碧落。这座碑据说在篆书界地位颇高，被宋后篆书家奉为经典；但是我不大懂金石，认不全这些文字，只能粗略一观。奇景奇文必有奇说传世，据说当年两位仙道自荐篆碑，闭门三日，碑成，道人却化鹤而去。

殿后是龙兴塔，磨光青砖砌就，精雅光洁，岁月似乎没有在它身上留下太多痕迹。金色的阳光使它散发出神异的色彩，四周沉寂，是带有禅意的沉寂。兜售香烛的老人对我述说这塔的灵异，他说历史上塔顶曾几度冒出青烟，每次塔顶腾烟，即预示青云直上，有人将登科发迹。我笑一笑，略一摇头；他认真地说，是真的呀，你不信吗？张平以前就在这里教书的……我又笑了，这回是真的开心，于是买了几支粗如小臂的大香，嗯，为了张平吧。此刻无风，香烟直上数尺，像我的某些念头。

绛守居园池是隋代临汾令梁轨所建，在"孤岛亭"的南边建有"堂庑"小庙，庙内供奉着梁轨。提起梁轨引水之事，有不少传说。他在位时兴水利、济黎民，引余波贯牙城、修建园池；因为徭役加重，百姓怨声载道，视他为贪官，民间士绅甚至攻讦梁轨修池是为了与夫人游园。于是梁轨离任时，不愿受万民唾骂，在夜晚悄悄离去。但随着时间的推移，"梁轨渠"灌阡陌、润大地，营造五谷丰登，养育了古水两岸的世代生灵。两百年后，百姓深感恩泽，在古水源头渠尾建"梁轨祠"，祭祀梁公。这个漫长无比的误会告诉我们，"为官一任，造福一方"始终是真理，即使你的行为不被当时的人所理解接受，但时间会给你公正的评价，你的功绩将会永载史册，留取丹心照汗青。

梁轨的时代是辉煌而短暂的隋朝，我因此想到一个人：被打上昏君标签的隋炀帝。他曾留下惠及整个中国历史的水利工程——京杭大运河，而他本人因民怨沸腾、穷兵黩武结束了功过迷离的人生。隋炀帝留下的功业，其实还不止大运河这一笔，他的一生即使惨淡落幕，也绝对值了；至于生前死后名，作为历史公案在学术界引发的争议，又算得了什么呢？能被人认可而流芳百世固然是对自我价值的最大肯定；但是人生伟业不一定以正面的形式呈献给世界，它们的孤独在某种意义上说明，伟大的天才横空出世，必须忍受大寂寞和大毁灭，他们永远是极少数，推动历史前进的，往往是这些少数人的作为。

我不知道应该如何评价这种人。

我是有点异想天开了，还是看看景致吧。

放明月出山，快携酒，于石泉中把尘心一洗；

引熏风入座，好抚琴，在藕乡里觉石骨都清。

洄莲亭北池中有红白荷花，这时花还没有全谢，五色鲤鱼游戏其间，池边有块碣石，上书：动与天游。过了小桥向东走，有一大片不知名的小碎叶植物；路过许多亭台楼阁，菊花打着骨朵儿。我沿路看花、看亭台、看碑石，它们移步换景，设计巧妙，透出浓浓的书香气息。放眼远望，古城历历，诗意纷纷，太阳也闪烁着蟹爪一样的金黄。啊，这种自然与人文天人合一的感觉，真是美妙极了。

宴节楼的南部高地上有块墓碑，刻有：北齐丞相咸阳郡王斛律光之墓。

他是谁？我不知道。

这一点都不重要。

一路行来，这都是我素昧平生的历史，素昧平生的人。

赏析

如果你把本文当作游记读的话，可能你会读到一些关于新绛的历史典故与名胜景观，但你绝不可以这样读的，不然就辜负了这么好的标题——《素昧平生》。

我们一起理一下作者的写作思路，一二段写得十分惬意，初到新绛的第一件事就是找酒店，于是闲笔写商家揽客烘托作者的个性情趣——找的是屋雅价廉。再加上那夜晚清凉、白天明媚、落叶金黄、人群衣着靓丽的秋景图，为下文人物情绪、心境及独到的感悟等张力铺垫。

从第三段开始一直到第六段作者用了大量的笔墨重点叙写新绛的名胜传说和历史，并插论隋炀帝之事。直到第七段往下才非常简略地写几处景观，如洄莲亭北池的荷花、小桥流水、亭台楼阁碑石等，但都不过是蜻蜓点水，显然作者"醉翁之意不在酒"，更不在山水间。

在提到宴节楼的墓碑碑刻上的名字"北齐丞相咸阳郡王斛律光"时，作者忽然问"他是谁？"然后回答"我不知道"，而不知道的下面这句话尽扫游客因孤陋寡闻的自惭形秽，反而是非常自然而理直气壮地说"这一点都不重要"。因为"一路走来，这都是我素昧平生的历史，素昧平生的人"。读到这里，应该豁然开朗了吧。作者的写作用意就在此，如果没有这几句，这篇文章就要沦为一篇平平游记了，不过记述了所见所闻的事和人，不过写史写景。作者的高妙在结尾处的这几笔，真真的画龙点睛，把作品的文体和立意上升到哲理散文的境界。

作者不是要告诉我们她在新绛看到什么景、听到什么史，而是要谈人景史之间的关系——素昧平生。人与景、史是有距离的，距离产生美，产生思想碰撞。这样，我们再返回去看作者写到的人和事，就能客观地看待那些人和事了。

"素昧平生"这个标题的好在于它充满着哲理，给我们更多启示。从梁轨、隋炀帝两人的功过是非看历史，历史这面镜子会照出时间的辩证法，告诉我们千万不要轻易相信，历史也是发展中的产物哦。

（苏宝银）

天下大同

一

大同博物馆外观是一条龙的造型，昭示龙城大同的内涵。在参观之前，我查证了一些有关这座博物馆的相关资料。整个建筑分为四层四个展厅，通过对异型建筑空间的升腾动态进行典型刻画，将大同的历史文化融入其中，并吸收大同自然地貌——火山群与龙壁文化和云冈石窟空间演化的文化元素，雕塑了这条腾飞的巨龙。

我走进博物馆时时间还早，几乎没有游客，展厅安静得仿佛瞬间走进了陵寝，玻璃橱窗和巨幅照片静默无语，我仿佛穿越时空回到鲜卑王朝。

我多么喜欢这只出土于大同西郊元墓的影青瓷枕：它是长方形，整体镂空，雕刻出一座玲珑剔透的宫殿。枕面为云形，是宫殿的穹顶；宫殿四壁垂花，下坠璎珞，周围有栏杆；枕中是广寒宫，嫦娥凝波流盼，殿前有一只玉兔在捣药，周围环绕娇俏的侍女，人物栩栩如生，云纹动荡如水；这枕头恍若仙境，不知何等人物才能枕它入梦。

我也惊异于一具辽代的琉璃棺，华美而迷离，棺身上有牡丹、萱草、菊花、海棠，通体金碧辉煌。我想这应该是一个贵族少妇的棺椁。

我走过一列列金银的、青铜的、陶瓷的器物，看着看着忽然有点倦怠，我想这也许是审美疲劳；但也不一定，可能是这几天对历史的认知有了新的领悟。

真正的历史，其实已永远随时间的长河逝去，一旦被打捞到人间，就不一定真实了，甚至压根不是历史了。研究的目的和意义，大家都明白，但事实上的操作与它的本意未必一致。我所理解的历史，与历史研究机构的学者们眼中的历史必定不是一回事；与政治舞台上的历史也必定不一样。这些遗址或文物，一旦重新面世，就失去了存在的意义。同样，当我离开这座辉煌的博物馆，离开遥远的历史所拥有的永恒之孤独，重新步入繁华世界时候，我觉得自己是一个赝品……

二

大同曾经是北魏京城、辽金陪都；又是军事要塞、佛教圣地；还是多民族大融合的区域，同时也是晋蒙冀商贸集结流通地，因此具有独特的无穷的魅力，堪称中国古建之博物志。它的古城墙高大敦实，望楼环列；护城河沟宽水深，庙宇高大宏伟，府衙气象庄严，民居错落有致，影壁比比皆是；商铺云集，牌楼林立，包罗了从北魏到唐、宋、明、清各个时代的不同气质。

古城墙是我喜爱的地方，它比平遥的城墙更雄伟开阔，走进去是步行街，人流熙攘。鳞次栉比的商铺间时有美女出没，大同美女兼有四川美女的肤色、江南美女的容貌、东北美女的身材，可谓美女界集大成者。

大同美女确实值得骄傲，她们的美貌可是实打实的。李渔、姚灵犀这些"花丛老手"都点评过大同女人的漂亮和风情。而自古以来流传的民谚更能说明问题："山西旧有四绝，大同婆娘、蔚州城墙、宣府教场、朔州营房"——大同婆娘竟然可以超越城墙、教场、营房这些军事重地而名列四绝之首，可见其"战斗力"。当然如果说大同遍地是美女，那肯定是吹牛，美女倘若有那么多，就谈不上以稀为贵了；但是大同女人的美丽指数确实很高。照我看来大同美女之所以公认为美，并不在于颜值，而是骨子里的风情。由于地理环境以及民族混血的原因，她们普遍身形窈窕，头颈修长，动作利落有范，一望而知是有强大灵魂的生物，不是南方那种弱柳扶风的妹子，也有别于高大健美的山东妞、东北妞；她们是吃着塞外的牛羊，喝着火辣的"烧刀子"长大的，做事做人都生猛剽悍，与之匹配的就是天下皆知的风流："去过大同浑源州，回家个个把妻休。"她们的爱与恨，都是如此勾魂摄魄。

三

晚饭是一定要去小吃店里吃的，这附近有好多家特色摊点，以羊肉和面食为主。我们最爱吃的还是酒店附近的"孙记包子"，饭菜惠而美味，每天中午和晚上都人满为患，真是生意兴隆。因为它的消费范围很广，从几块到几百块都可以，饭菜很有特色；我惊讶大同在晋菜风味之外，巧妙地吸纳了蒙古族的肉食精髓，自成派系。我默默坐在人群中，听着这些素不相识的人喧哗笑语，看他们来来去去，各自吃着美味的羊肉包子，这些包子雪白的皮下有未知的内容，像爱情的出现，在你最饥渴的时候，不经意间劈面相逢。

我往前走的时候，他们没跟上，我走过红灯笼悬挂的影楼前，在街边买了一串哈密瓜块，我一边看着街道，一边喝着一杯冰镇柠檬水。街边有个抱着吉他的年轻人在唱，唱完《回到拉萨》，又唱《花房姑娘》，有人驻足，也有人投给他一两块的零钱，他闭着眼，有一种自我沉醉的意思。这时我在想什么呢？我是作为看客、听众，还是精神世界的领略者，来听这些怀旧的旋律，还是这旋律在侵略我的精神世界呢？

在一家民俗特产的店铺我看到布老虎和绣花枕套，都是粗放大气的北方扎花风格，大红大绿的配色，有俗世的艳丽。许多古城都有步行街，都有集中的民俗表演，这种形式一般在晚上出现。我喜欢这种民族的、民间的艺术展示，西南地区的篝火晚会和北部高原的说唱专场同样令我着迷。而在大同，出人意料的是它是一场露天电影。只是一瞬的不适，我迅速恢复了兴趣：我想起小时候，二十世纪九十年代初在家乡的打谷场上看《新龙门客栈》的往事；远去的年少时光与此刻的繁华古城，都如同张曼玉裙下的客栈一样销魂。我甚至听到了觱篥的演奏——这种声音苍凉，极具表现力的远古乐器，会使任何一个人的心灵变得辽阔，我静心体会着马背民族那种久远的豪情。在大同，在民族混合的阴山之下，在羊肉、胡风和黄沙混合的色香味中，在闪亮的大银幕上方，我再次享受了一场陌生又熟悉的童年，回到了1993年。或者说，是我的行走遗忘了疲倦的红尘，我是一个不需要流年的人。

透过银幕，抬头望去，月亮成了一个不规则的土黄色物体，像一个脆皮火烧，像一块我今天在博物馆看到的生锈的铜币，像我刚才路过的一顶帐篷……它什么都像，就是不像月亮了。生死之后，所有心事都无人知晓，所有情意都无人认识，唯有那银幕上变幻的流光，在不厌其烦地叫嚷。

夜深了。我仿佛闻到了北魏的气息，电影终于落幕，可我找不到回去的路了，我拖着步子缓慢地挪移在人流稀少的街道，我想我的脚一定打泡了，否则为什么这么疼？在一座花坛边的长椅前我决定歇息一会儿，决定想一些心事，但我一屁股坐下，思绪就像午夜的出租车，迅速呼啸而去。

我永远来不及想什么人，这是我此生的宿命。

我也将永远无力再去爱什么人，这一个人的长夜，注定天下大同。

赏析

能走进天下大同风情的，莫过于要读懂文中那个沉浸在大同文化中的"我"，要读懂"我"的关键是要读懂文中那些金句金词。那些同样充满大同美女般风流的词句，一样地勾魂摄魄。那么，一起来品读吧。

来自文化元素雕塑的大同博物馆外形如龙，因为它吸取了大同火山群的自然地貌以及龙壁文化、云冈石窟的空间演化。开篇只一句道出建筑的设计灵魂，道出大同的不俗之处，也令人隐隐感觉到文字与文明的力量。

无人观赏时，博物馆安静得仿佛"陵寝"，"陵寝"这个比喻极为传神，博物馆的馆藏内容、肃穆气氛都与这个词极配，细细琢磨似乎再也找不到比这更合适的。只隆重推出的两件宝物：元代影青瓷枕、辽代琉璃棺，这两件东西都与生死有关，更侧重于生命的静态表现。

"真正的历史，其实已永远随时间的长河逝去，一旦被打捞到人间，就不一定真实了。""打捞"一词让历史再也无法成真，因为所有水货都是赝品，因此作者感叹离开辉煌的博物馆，离开拥有永恒孤独的历史，落入红尘的自己也似乎成为赝品。那么历史的真相是什么？作者毫不留情的笔锋令读者不得不深思。

大同的美女却是实打实的美，美得不在颜值？那么真正美的标准又是什么？作者不是要你学会选美，而是感叹美在灵魂。

大同小吃羊肉包子在晋菜风味中吸纳蒙古肉食的精髓，竟"像爱情的出现，在你最饥渴的时候，不经意间劈面相逢"。一个"劈"字，是猝不及防的收获，纯粹实在。包子好吃到这程度，不是夸张，是真爱啊！

而街头吉他青年闭眼沉醉的《花房姑娘》，在别人不过是投去一两块的零钱，在作者却已分辨不出自己是"精神领略者"还是"精神被侵略者"。怀旧的旋律足够滋润久渴的灵魂。

至于民间工艺，不过粗放大气扎花风的布老虎和绣花枕套，大红大绿的俗艳，透着"烧刀子"的浓烈；而缺乏民族风的露天电影勾起的怀旧情绪，甚至能让人听到远古乐器的苍凉、辽阔，这是对马背民族久远豪情的怀念。

月亮在怀旧的思绪里变成"一个不规则的土黄色物体，像一个脆皮火烧，像一块我今天在博物馆看到的生锈的铜币，像我刚才路过的一顶帐篷……"这一长串的博喻极恰当地诠释着"我"对流年的流连。当"我"坐下想想一些心事时，思绪"像午夜的出租车，迅速呼啸而去了"。"呼啸而去"，如此迅捷，时光已无法逆转，无力想更无力爱，这是人生无奈，将天下大同之意落于长夜悲凉、宇宙永恒。

（苏宝银）

第〇辑 雪泥鸿爪

表里山河经行处

家是养你的爹，乡是生你的娘。
几多亲情牵肠，几多热泪盈眶。
你曾背起行囊走四方，
创业的艰辛今生难忘。
即便穿上洋装，无论身在何方，
永远都是芮城儿郎。
……
生态之路，
那绿水青山，是百姓的日思夜盼；
那金山银山，是百姓的梦绕魂牵；
这一切的一切，在芮城已经实现，
一任接着一任干，敢教日月换新天，
生态立县记心间，久久为功再续新篇！

大红灯笼

祁县确实是值得一游的地方，它比灵石精致，比平遥休闲。到了乔家大院时，已近黄昏，它在暮色中静静矗立，犹如一位沉静的老人，斗拱飞檐、曲榭回廊，令人足以想见一代巨贾曾经有过的财富。这样庞大精致的豪宅，对于出身贫寒的我来说，是只可仰望的存在。

世人知道这里，多从两部影视剧中得到印象，一部是《大红灯笼高高挂》，一部是《乔家大院》，前者是醉生梦死、心字成灰的哀音，后者是波澜壮阔、智珠在握的正剧；一悲一欢，成就了乔家大院名动天下，所以说这真是一座凝聚着人生理想和盛世情缘的城池。

是的，城池。它给我的终极印象，不是一座民宅，而是一个村庄，甚至是一座城池。这座城的主人，享年八十九岁的乔致庸，从文弱书生到晋商巨擘，一生历经了嘉、道、咸、同、光五朝，几番起落，谁主沉浮？他一生的荣辱与奋斗，都在这个大院里，而这个院落是幸运的，在铁血战火，长庚流焰的岁月里，它几近完整地保存下来，是一个奇迹，或许乔致庸自己也没有想到。

《大红灯笼高高挂》是虚构的作品，《乔家大院》的情节也大半是小说家言，历史中的乔致庸并非情种，江雪瑛和陆玉菡都是剧作家虚拟的红颜。但是我相信，发生在这里的真实故事，远比影视更为精彩。走在每一个院落，这里的每一块砖雕都仿佛在向我陈词，叙说它们的爱与恨，情与梦。电视剧中的乔致庸，为了家族生意，不得不舍弃青梅竹马的恋人，选择了豪门千金。再后来，乔致庸成功了，那前半生错失的情缘便成为永远的遗憾。剧情是假的，世态却是真的，事业和爱情如果到了不能兼得的时候，应该如何取舍？它代表人生理想与现世安稳的冲突，是关乎个人价值、命运的宏大命题。

此事古难全。

二进门上的菊花卡口十分精致，三门的木雕是"葡萄百子图"，一刀刀刻得巧夺天工，这是北方民居的艺术精粹，每一个细节都有其民俗文化的含义。当年的晋中富可敌国，除了乔家，这里还住着许多晋商世家，仅祁县一地，就有几个这样的家族，大院也有这样好几座。或许那时候他们开始想到人生一世，要留下一点什么痕迹？相信有这个想法的，不止乔致庸一人；然而在那样山河动荡的年代里，有什么能够抵挡战火和时间呢？他们的目光落在了土木工程上，他们相信这些青砖灰瓦会带着他们的梦想永生。商会的旧影在这些城堡中凝固，百年的光影潺潺流过，今天看来它们依然如此精美、安详。他们在建造这房屋时，似乎不是用人生一世的住有所居来做标准，似乎在力求永世的辉煌。

快要过圣诞节了，街上的小店前摆出了圣诞树和红帽子老人，我在一家商场前看到一个眉目婉约的女孩，有几分像蒋勤勤，红色的对襟棉衣，琵琶扣，黑色短靴。她站在台阶上，背后是虚掩的玻璃门，神色安静地仰望飘飞的雪花，也许是在等人吧，谁是她等待着的那个男人呢？我走过乔家堡，透过一扇扇沉重的木门去看那一座座庭院，猜测着这些建筑和那些人物的种种故事。大红的灯笼在晚间次第亮起，没有走西口的歌声，大雪无声飘落，世界如此安宁。

赏 析

用比较法可以让作品介绍的主体对象更明确，可以让散文的主题思想更突出，让人物的感情抒发得更加淋漓。《大红灯笼》几乎全篇都在比较中，拓宽了文路，使内容更加富含文化信息，带来更多美好的阅读享受。

作者首段提笔就拿灵石、平遥与祁县比较，同是晋商重镇，如比其异，各有风采，不褒不贬，相互映衬，让读者侧面了解山西晋商文化。虽然作者的写作目的并不在此，但却达到了一石二鸟的效果。在指出祁县确实是值得一游的地方的同时，暗示可以到与之不同的灵石、平遥转转，去了解晋商大院文化。

第二段又拿两部涉及乔家大院的影视剧比较，用一悲一欢来说明这里悠久的历史，达到引人入胜之效。比较法让文化信息加大的同时，已在未正式写祁县乔家大院之前，引起读者浓厚的兴趣，言外之意是说到了山西不到乔家算到过山西吗？

第三段到第五段继续比较下去，村庄、大院、城池，从地理布局、建筑特点、人文历史比下去，比出地域差异、建筑风格、文化厚度。影视剧《大红灯笼高高挂》《乔家大院》与现实生活中乔致庸的爱情事业发展史的比较，虚实结合，一张一阖，个人命运、理想与现实使晋商的发展史有血有肉，更客观、更生动，大院建筑是晋商的历史根源：这里有他们的根，有他们的发家史，有他们的辉煌过往，也有对后人的启迪。

这些是比较法的神奇作用，巧妙运用比较法，使本文构思精巧，匠心独运。

（苏宝银）

潞城听雨

长治是我频繁来往的地方，在这里听雨却是第一次，这是潞城的山雨，令人细思心中无限事。

盛夏的潞城并不十分炎热，我们住在高山流水景区，躲进辛安泉的满山绿荫中。下榻在"农家乐"小院，都是砖窑，窑洞阔而大，院子更大，花木扶疏，一院清凉，令人心旷神怡，要说美中不足的地方，就是窑里没有洗手间，起居不太方便。

这是浊漳河边，三面环山，河水滔滔而过；隔着窄窄的木窗棂，外面的天光云影亦真亦幻。我头疼，睡不着，索性坐起来看风云在土布窗帘上投下的影子。窑洞里的光线渐渐变暗，走到院里的李子树下，满天是白云苍狗；只有东南角有一线金红的阳光，让这座农家院落更显青郁。

不知何时，响起了如珠走盘的雨声，一阵接一阵的风把院子里的几株桃李吹得衣袂飘舞、环佩叮当，仿佛下一瞬，她们就要轻移莲步，款款而去。我站在门口，隔帘听雨；风声如洞箫，雨声如琵琶，急管繁弦，是清艳的珠玉之声，激起泥土和花木的清香。我的头疼顿时减轻了很多。老板娘在屋檐下烧起一大锅水，用的是木柴，火焰升起，一会儿锅中水便沸如鱼目，她取瓢将水灌入大壶，提壶为我沏一杯茶，是当地产的大叶子茶，苦涩但提神。听着这样的雨，心里满满的是缠绵，于是拿出手机，拨着一个号码。

雨势渐大，风声渐紧，到最后如倾如注，风如鼙箫，雨作擂鼓；

天色昏暗，乌云压顶，那几棵果树形状逐渐扭曲，不再是亭亭的美人，而类似暗藏心事的政客，他们聚在一起，交头接耳，窥视着云层之外偶然一闪的电光；那是神秘的天机，它们冷厉的目光震慑着世间万象。我穿得很薄，因为是夏天，并没有带厚衣服，此刻窗中满是湿冷的水汽，我打着寒噤，双手抱着玻璃杯，仿佛抱着苦寒人生中的一丝暖意。电话怎么也拨不通，我的头更疼了。

从舒心惬意的小雨，到悲凉入骨的大雨，仅仅只需一盏茶的时间，天意如此深不可测；而雨中人的心意跌宕，连自己也不知因何而起，因何而灭。不以物喜，不以己悲，真的有人能够做到吗？"有水分的语言不是说出来的，而回答是多么的难"。

少年听雨歌楼上，而今听雨僧庐下。人生沧海桑田，雨声也瞬息万变。范仲淹眼中的雨必定与李商隐眼里的雨不同。白居易耳边的雨也必定与蒋竹山耳边的雨不同。

风停雨住，夜幕落下，我再抬望眼，已是夜深千帐灯。

何当共剪西窗烛，却话潞城听雨时。

赏 析

每每诵读余光中的《听听那冷雨》，常沉醉于细腻传神的文字描绘，那一种相思不着痕迹地融化于细细长长的雨丝，品读其中的经典文句时，总是不由得联想到音乐与国画：那些好的散文文段总是视听结合，赋声于形，令人既得其形又闻其声。在讲写音乐时，有两篇奇文老师们总不会遗漏——李贺的《李凭箜篌引》、白居易的《琵琶行》，这两首古诗，在写声方面最为经典。李凭弹箜篌时，感动紫皇，想象天地广阔，感天动地的想象使妙音之描绘最为极致；而琵琶女嘈嘈切切错杂弹出的大小珠落玉盘之声是乐声也是雨声，将通感的手法，运用到极其娴熟的地步，雨与音乐相互映衬，交错成趣。

张玉的这篇小散文同样运用这样的传统技法，所不同的是听雨背景不同，听雨的人不同，所谓情随事迁，但文章浑然天成，竟分不清是作者的情绪随雨声变化还是雨声随作者的情绪而改变。思绪与雨声成为全文文路的红线纵贯全篇。雨声左右着我的心情，也暴露着我的心事；我的心绪配合着雨声而变化。心事中苦痛伴有甜蜜，正如雨声来之缱绻缠绵去之雷霆迅捷。人作为个性矛盾体，天人合一时就变得非常含蓄。在作者笔下，自然与人事上演的一场悲喜剧只用一盏茶的工夫来让人了悟。

细品中，"我"的头疼与雨的来去像一场舞剧。"我"是那个舞台上的主角，而雨是剧情中的配音。夕阳金红、天色青郁，"我"无聊到只能去看土布窗帘投下的影子时，雨来了，匆匆如珠走盘，桃李婆娑起舞，风声雨声如洞箫琵琶，急管繁弦，再配以泥花清香。一杯苦茶，提神清心，雨冲洗着无厘头的烦恼，头疼减轻了许多。可是风更急，雨如注如倾，作擂鼓状，似狡诈政客，天机电光，冷厉震慑，有形有声，像命运交响曲中死神来敲门一节般恐惧。在这般蹂躏下，桃李美人不再，"我"的头更疼了，何以解忧？或许解铃还须系铃人。

自然风雨，以声赋形，将渺小的人类拿捏得无可无不可。前一刻鸟语花香，后一刻愁云惨淡，世间万物多变难测。把握自己，不以物喜，不以己悲，有几人做得到呢？存那一份缠绵，留一个希冀，可好？

（苏宝银）

满池春水

在奇村，温泉是一团隐于地层深处的脉络。街道就在这脉络上无序展开，沿街放射的商铺、市场、绿地和人流参差错落成温热慵懒的小镇，它们都像温泉，无声地、暖洋洋地浸润着这个地方。车子驶在渐渐冷落的公路上，路北出现一座方正刻板的建筑，这就是工人疗养院，我们此行的目的地。持房卡上楼，暗红的地毯上有点点深色水痕，似乎表述着温泉与宾馆的内在联系。

从四楼的窗口望出去，是一栋栋小楼，在远处有一排浅色幕墙，人群嬉笑着出入，想必就是泡温泉的所在了。小镇的黄昏从温热的地底涌出来，刚开始是丝丝缕缕的黄色的雾，很快沉积为苍黑，远处爬山虎织就的巨大壁挂中隐约亮起几星灯火，我拉上窗帘，隔着轻纱看灯和薄暮。暗淡的天光让我恍惚，初春草木美得不太真实，有一个词叫海市蜃楼，据说这个词的由来是说一种奇异的蛟龙可以呵气成云，幻化魅影，引诱燕子飞进自己口中。我是热衷于相信这种怪力乱神之说的，比如此刻，我想也许就在我刚刚走过的某处花树下，一条蛰伏的大蜃就在吐出梦幻泡影，诱我们走进这无边春夜。

第二天，我在泳池中正式开始游泳练习，进入之前我将手上的银镯褪下，因为据说温泉中的硫黄成分会让银子变黑；女伴说她不相信，于是她没脱，事实证明她是对的，她的镯子泡了水之后更亮了。我们套着救生圈往深水区去，我的手臂划过温水，感到不动声色的阻力；远处的小孩在笑闹，拍打着水波沉浮；张暄抓住我的脚踝，纠正我错误的动作，我吃力地摆动双脚，尽量把头沉下去。

不知怎么我有些困倦，水如暖玉，温软香滑，泡得我昏昏欲睡。我回到池边，觉得四肢酸软，热气在百骸中游走，额上沁出汗水，想出去又舍不得，就扶着栏杆坐在水里。一会儿，那位高大的教练游过来，告诉我要坐直了，如果水位超过心脏部位时间太久，会胸闷气促。我很惭愧，于是站起身来，顿时觉得一阵凉意，身上十分清爽，皮肤都好像在呼吸，也许这就叫"温泉水滑洗凝脂"吧。

温泉的热情使它成为一种神奇的水，据说它可以治沉疴，美容颜。然而我关心的不是这些，我只是想，是什么赋予它温暖众生的力量？又是什么让它冲破地壳的束缚汹涌而出？它如同我一样不甘沉寂于黑暗和寒冷之中，它要在阳光下骄傲地流淌，让世界看到它的美、它的力、它的温暖和光芒，以及它喷薄千年的传奇。它汩汩流淌在我眼前，我确信它体内深藏着亿万年前的光和热，它所流经的土壤乌黑肥沃，地气催生的花木之繁荣无与伦比，它在不舍昼夜的北风中一意孤行地喷涌。我走到甬路尽头，月光飞溅，看不见灯火，我只是听着水声，猜测露珠在草尖凝聚；这样美的夜晚多么令人爱恋。我朝着有人语的地方返回，那种亘古的热量在那一瞬间燃沸了我的血，将我身上残余的冬天融为春水。

赏 析

本文开篇就从水切入，从一个名叫奇村的地方写起，作者高屋建瓴地给温泉支撑的地域以童话式的描绘，又像是先画了幅简笔画，交代了温泉所在的环境。还把温泉贴切而新奇地比作隐于地底的脉络，而奇村就是产生童话的地名吧。温泉让这个小镇变得慵懒的同时又是这个看似刻板的工人疗养院最令人神往的原因。

整篇文章都笼罩于温泉热气腾腾的氤氲里，水的力量在这里变得非常神奇，当然这不是怪力乱神之说，只是作者的想象赋予温泉神力；也是这里会产生童话的根源。这使"我"对温泉的爱恋变成一种说不清道不明的痴迷，还产生了海市蜃楼的幻觉，连同关于这个词语的传说也飞溅出来。故而引出非常惬意的温泉学泳娱乐，顺便用银镯是否会变黑，证明温泉水质的独特神奇，美容养颜不是一句空话，皮肤呼吸到如凝脂般滑润，不只是立竿见影。作者寥寥数语，通过几个小小的细节，把温泉的神奇功效不露痕迹地介绍出来，那对温泉的无限留恋，那在温泉中昏昏欲睡、欲罢不能的真实情景的描绘，使温泉的魅力展露无遗。

　　文章在如此层层铺垫之后，作者连问了几个为什么？它的力量来自何方，为什么会让人如此敬畏，表面是质疑思索，其实已水到渠成地揭示出温泉这一自然现象的与众不同。作者的感情也如同这温泉一样地喷射而出，同样赋予温泉人格化的火辣辣地渴望实现自我的激情，如同燃烧的火炬熊熊不熄。

　　文尾情感如一支高亢的曲子拔了个尖后，戛然而止，文章因为一瞬的顿悟而柳暗花明，立意深远，余韵不绝。

（苏宝银）

洗耳恭听

不论如何，洗耳河是一个既宜居又宜游的地方，它值得我反复进入，在它的心脏里寻找一些东西。

今日是小满，斗柄指向西南方，大多地方已开始步入仲夏，洗耳河却依然清凉湿润。傍晚时分，低郁的云层降过山头，把山腰上的村庄压向谷底。青草过膝，云中有重重的水汽，却没有雷声，到处飘着各种不知名的花香，清甜的、辛烈的、香艳的，山桃花已经谢了大半，另一半也已芳华不再；刺玫遍野，如火如荼；半山腰上有几块乳白的大石，石缝中开着一丛丛极红极艳的花，看不太清，可能是山丹丹，它们骄傲地舞动着花叶，仰望天空；紫色牵牛则伸展藤蔓，向尘埃中匍匐。天空蓝得令人心慌意乱，在盛大华美的背景下，暖风和花香都颠倒错乱；子规鸟兴奋地叫着——它们又叫作布谷鸟。这鸟儿在播种一道神谕，它使季节具体落实到一种作物身上，忽喜忽嗔的天气让这节令显得天真活泼，我怀揣着某个秘密，走在洗耳河边。

传说中这是许由洗耳的地方。庄子的《逍遥游》中提到许由，他是个隐士，据说他"邪席不坐，邪膳不食"，尧想将天下让给他，他闻听此言，就去泉边洗耳，以清视听。这个故事读来有几分冷幽默的味道，照我看来不太可信——我这个人对人对事向来不大乐观，"不惮以最坏的恶意来推测"。我并不相信世间会有真正绝对不喜爱名利之人，清高狂狷如李白，一旦接到平步青云的橄榄枝，拍起马屁来也是不遗余力，连"云想衣裳花想容"这样香艳肉麻的句子都写得出来。许由的不坐不食,似乎是一种洁癖,而洗耳的行为更近于作秀——当然,如果你说我以小人之心度君子之腹,我也并不反对。

我坐在洗耳池前。

这是洗耳河的源头,池子不大,约有几亩,池边是白色的石块,围成一圈;水上浮着田田睡莲,冷香阵阵,蒋殊说,给我照张相吧。我拿过她的手机拍照,她白色的衫子倒映在水里,凌波欲去,我小心把焦距调远,想照全水中的影子。美人如玉,圆荷风举,多么清艳的流年。秦溱老师也在池边坐下,他说,这里可以洗耳朵哩,洗吧。我笑着摘下眼镜,在水里洗了洗,然后掬水淋在耳朵上——啊,似乎有什么在耳边铮的一响,如珠玉低鸣。

> 当耳朵流过泉水时
> 我听到上古的声音
> 水太清
> 洗出了莲花的心

吃过早饭,秦老师带我们到画家孟多昕的别墅去玩,别墅依山而建,构造巧夺天工,巨大的客厅中有粗犷的几案。孟夫人说,这茶几、书桌、坐墩都是从农家收了旧门扇和牛马的食槽做成的。洗手间和书房的墙壁是天然的石壁,并不粉刷,就那样突兀而立,一条石脉从地下伸出来,突起一块,于是就着地势被简单打造为一方石凳,古拙浑然。

我在这个微型的城堡中看到一幅巨画,青绿底色,有巨大的紫色花朵,线条夸张,颇有凡·高的意境,这是画家自己的作品,直接画在客厅墙上。在我看来,这幅画就是一个梦境,是洗耳河流过午夜的深紫和青碧,是睡莲、青苔、岩石、碧池在一个人心中留下的印记。这是有关永恒的美的记忆,是别人的,也是我的,它唤醒了我对爱和美的深情想象，我确实需要洗耳，需要恭听，那样的一切都需要重置，一切都不曾命名，它执拗而避世，一如今天的洗耳河。

赏析

作者善于渲染氛围，善于置身于风景，令自己成为风景中的主角。在与自然融为一体的同时，让自然为我所用。全文的行文脉络是作者主观意识丰富变化的过程，读者时刻被作者的思绪牵引着，一起恭听洗耳河那从远古传来的铮铮声。

作者讲究赏景的节气，第二段中，小满时节，风景定格在一季一日的傍晚时分，特殊的时间与出行，让作者对自然的感悟更为特殊、更为神圣。到底作者听到的是什么，历史和自然会告诉作者什么，只有我们也长了会思考的心与耳，才能从中领悟。

这里和其他旅游景区人山人海的情形全然不同，这正是作者所喜欢的。作者浓墨重彩地描绘洗耳河的环境，为下文写许由的典故，写画家构造自然天成的别墅，以及作者从自然中获取的心得都做了非常必要而自然的铺垫。

作者在洗耳河的心脏想到、寻找到什么？作者怀揣怎样的秘密？我们得细细品读其中的自然风景及人事，你看在作者笔下宜居宜游的标准是什么？作者满眼是如同隔世的万物生机，乌云压村庄到谷底，青草过膝，花香四溢，色彩纷呈，布谷欢叫，这里似乎到处是鸟语花香，不见人迹；这是庄子喜欢的地方，虽远离喧嚣，却并不显得清冷，而热闹是来自自然本身的。即使是在画家的别墅，仅一幅画已摄人魂魄，把人带到另一世界，能在这里出现的人只有隐者或仙子。

（苏宝银）

养心若鱼

民国初年，军阀混战，西北出现百年不遇的自然灾害，黄河岸边的古镇一片腥风血雨……"两代恩怨，寻梦故园沧桑依旧；几番情仇，终成海上落英纷飞"。

这是陈家林导演的电视剧《古镇大河》，改编自苏童的小说《米》。这部剧其实没有走红，估计听说过的人很少，但我觉得挺好。这是一个关于欲望、痛苦、生存和毁灭的故事，写了一个人有轮回意义的一生，他的生与死既是主线，又是高潮。女主演是谢兰——《大宅门》（第一部）里的李香秀，美丽、倔强。奇怪的是外景选在灵石的静升，而不是苏童的枫杨树故乡。

再后来，我去了王家大院。

去往静升的乡间马路上，有农人提着桑葚叫卖，正是北方的炎夏季节，酷热干燥。桑葚饱满莹润，吹弹欲破，紫得发黑。古旧的门楼、脱了漆皮露出原木的屏风、褪了色彩的贝叶匾额、绣楼上精巧回环的画槛……一切都如此令人怀想。

王氏家族传承数千年，但大兴土木修建这座华夏第一家民宅，是在清康乾年间。高家崖是王家鼎盛时两兄弟的居所，三进院落：第一进招待贵客，第二进主人自居，第三进祭祀祖先；祠堂、花厅、绣楼、水井点缀其间。绣楼住的是小姐，王家的女儿十三岁以后就登楼居住，从此大门不出二门不迈，直到出阁——一楼通向二楼闺房的楼梯正好是十三级。这冰冷的石阶上不知曾留下多少三寸金莲的足迹：

"寂寞梧桐深院锁清秋"。在那些暮春或深秋的黄昏,她们凭栏远眺,目光却怎么也穿不过这深深庭院、高高青墙;在夕阳里仰望屋檐下那些精美的穿梁,看四角的天空中紫燕飞过,她们心中该是怎样说不出的悲伤。

又是几百年生息繁衍,本地的王姓子孙不计其数,古堡中繁华得如火如荼。那么多的摊点开在大院里,守着古玩店的中年男子打着哈欠,那姿势也是王氏的,慵懒而不失从容。

红门堡相对来说就随意很多,照壁上刻的是清风明月、渔樵耕读,据说王家仕途没落之后,更喜欢这种简单富足的田园生活。我想起前面在高家崖看到的砖雕"一路连科"和"辈辈封侯",不禁迷惑,我想这两种人生——居庙堂之高和处江湖之远,到底是哪一种更为幸福呢?电视剧中的五龙穷其一生也无法参透这个禅机。斯人已乘黄鹤去,没有人回答我的疑问,只有青草从石缝中探出头来,草色遥看近却无。

电视中的宅子,在主线外的旁支院落。陈家林是大气磅礴的导演,对历史的认识尤其眼光独到,沉黯的古宅在他的镜头下有暖和的视觉效果,令残酷的时代现出一点温情色彩——其实这并不重要,在宏大的时间和诡谲的命运面前,惨淡的爱情故事总会让人心碎。五龙最后沉入河中,我为他默念:"观物以镜,养心若鱼"——这是这座院子里的一副对联。

赏 析

作者自然起笔,从一部电视剧入手,谈它与晋中的灵石、与灵石的静升的关系,而静升就紧挨着晋商的王家大院,这样转一圈后,大家可有点明白了吧,其实作者真正游览的不是灵石不是静升,而是王家大院。太绕了点，前面的内容似乎是赘余的闲扯了，但细细读下去，会发现全文看似极散乱，实则中心非常集中，八段之间丝缕暗结，都在围绕作者心中的悬疑而写，这些内容还真是缺一不可。

全文最妙在首尾呼应：从陈家林导演的电视剧《古镇大河》起笔，以陈导为何在静升拍剧而不到苏童的枫杨树故乡拍的悬念，自然引出古宅大院不寻常的悲情文化，为全文的情感基调涂抹了灰暗的背景色彩；结尾还是从陈家林独特的历史视角看大院文化，并画龙点睛地用大院里的一副对联"观物以镜，养心若鱼"，含蓄地指向作者一直思考的哲学问题，并就此打住，不肯多写一字。这个问题似乎悬而未决，其实如果联想一下庄子的"子非鱼，安知鱼之乐也"的哲学，就会让读者也陷入迷阵，一起思考：对于人生的追求，出世入世哪一种更适合自己呢？

作者不像其他人写大院，重点在大院建筑与大院文化上落笔，而是让大院建筑和大院文化为自己的主题表达服务。故而，在选材上非常巧妙地剪裁出庞大幽深的王家大院中最触动灵感的部分，精准地提取了最能表达自己人生思考的大院素材，使文章实现表达自由，随心而动，随欲而生；故而王家小姐的绣楼成为重要的观察对象，王家小姐的命运也成为重要的关照内容，这与开头提及的电视剧《古镇大河》中女主的时代命运同气连枝，也使文章所要表达的主旨更为集中。至于王家的砖雕、照壁，王家耐人寻味的对联、古玩老板的王家范，王家人的前世今生，都已服务于作者苦思的问题：居庙堂之高和处江湖之远，到底哪一种更为幸福呢？王家人的选择是什么？今天的人应如何选择？这些都成为阅读本文的一把钥匙。答案似乎就是标题上的四个字："养心若鱼。"然而鱼的选择又是什么呢，这似乎是个复杂的排列组合题，答案不是唯一的，因此就成为永远没有谜底的谜语。

（苏宝银）

破壁光明

如果有迷途的人在人世间寻找方向，我建议可以去锡崖沟。

这里是真正的山村，四面皆山，放眼看去找不到出入之路，令人惊讶当年的先民是如何来到这里安家落户并历经千年的。沟内是零落的民居，清一色的红石板，石屋、石桥、石桌、石碾，石径通幽、石门揖客，间或有木篱和辘轳，令人疑在桃源。有几户人家门前堆放着木耳和党参，不知是兜售还是晾晒，我蹲下来翻着这些山货，垂涎饱满的木耳，但是无人招呼。

沿着石板路转过一道石缝，眼前是一道飞瀑，一侧夕阳灿烂，一侧白雾弥漫，村里人说这里就是这样，雾说起就起，雨说来就来。浩渺的云海边，一道大峡将村落分成两半，这边是房屋，那边是耕田，清泉流过石隙，水声琤瑽，宛若江南。

我们几经辗转，渐次深入，雾如潮水，席卷峡谷，漫溢村庄；霎时间刚才的石板屋、飞瀑流泉都不见了，风慢慢吹来，雾随风势起伏，如神殿中的纱幔，间或闪露一点灵光，那些美景在其后若隐若现。登上观景台时，有会当凌绝顶之感，我出汗了，想脱掉外套，大家都说不行，这山风硬得很；可我还是执意解开了纽扣。此刻山风并不很烈，清爽宜人；我站在崖边，想起一句词："一点浩然气，千里快哉风。"

俯瞰山谷时，有似曾相识之感，像《蜀山传》中的场景，亦真亦幻；我看着云雾在脚下翻滚，心中有奇异的激荡，不知自己从何而来，向何而去，虽然没有一缕雾缠上我的长发，但我心中纠结迷惑，不能自已。此刻这里不论出现什么都不会令我意外，无论是神、是妖、是猎人、是隐者，还是阿凡达。

在我思索的时候，时光变成了一段公路，从苍绿转为土黄，再走到灰白的屏幕中央，这就是名震神州的挂壁公路，像一个回环往复的莫比乌斯曲面，以雷霆之势突兀展开。这条奇绝险绝的路，全长十五里，完全镶嵌在石壁中，是用钢钎、铁锤历三十一年之功手工开凿。我们乘坐大巴盘旋而下，头上是千仞绝壁，脚下是万丈深渊，重峦叠嶂，云海翻腾，公路每过一段，就有一个开口，远看好像在山腹中开出一扇扇窗户，又似乎这古老的山神的天目，注视着芸芸众生。

"四山夹隙之地名曰锡崖沟。因地形险要，无行路之便，沟人多自给自足，自生自灭，偶有壮侠之士舍命出入"。那么谁是开凿这条天路的壮侠之士呢？

导游告诉我们，修路始于二十世纪六十年代：第一次，村人在悬崖上抠出一条小路，但是只有胆大的人才能走；第二次，路修到一半就无法继续，反而把山上的狼引了下来，这条半途而废的阴森小路被称为"狼道"，至今仍在；第三次修路，他们想打一个洞钻出去，结果打了一百米，还是打不通，这个洞也留存下来，叫作"羊窑"。三次失败蹉跎了二十年的光阴。然而锡崖沟人仍未绝望，他们在1982年再度开山凿路，其间有人三年都在洞中风餐露宿；有人从悬崖上缒绳而下，凌空挂壁抡锤；更有人在翻滚的巨石中献出了鲜血和生命。1991年，公路终于通车，第一辆汽车驶入锡崖沟，村民们无不流下喜悦的泪水。我听着导游的解说，知道这里就是"愚公移山"的起源地，心里模糊地升起感慨，像沿着公路飞驰的思绪，在人生的解读之旅上渐行渐远。

走出绝境永远离不开流血和牺牲，在我们感叹自然造化之鬼斧神工时，可曾想到过重峦叠嶂之美后面的封闭愚顽？在我们心醉神迷于飞瀑流泉时，蒙昧和贫穷正以原生态之名上演。我不知道那些身负钢钎的壮士在攀上山岩时怀着怎样的心情，当外面的世界像一条条看不见的绳索套在他们心中时，他们就是自己命运的主人，一代一代人，前赴后继——这是面壁，也是破壁："面壁十年图破壁，难酬蹈海亦英雄。"我仿佛听到那个老人穿越千年的声音："子子孙孙无穷尽也，而山不加增。"这是我所听过最简朴的真理。如果我做任何事，能够多想一想这句话，那么又何至于蹉跎岁月，蹭蹬流年。

挂壁公路不过几千米，而我以为这是我平生行走的最漫长的一条路，我在这条路上究竟走了多远？也许已过了八百里太行，也许还没有，在这异乡的峻岭中，我真的走出来了吗？

愿这条通天之路，打通我心中的王屋太行，打通人间最险阻的绝壁，让人生的梦想和希望，能够像锡崖沟一样，拨云见日，放大光明。

赏 析

好的文章总是在构思上独运匠心，从而使文路精巧、文意深远。

作者在文中再现了现代版的愚公移山精神，用最少的笔墨非常有力地表现了一种震撼人心的力量。她告诉我们走出绝境永远离不开流血与牺牲，面壁为破壁，放大的光明来自简朴的真理。

但作者并不急于道破这个真理，而是像个采风的画家为读者描绘着一幅幅令人神往的乡村桃源奇景。作完这些画，她才告诉大家要看到这画中景的必由之路才是她隆重推介给大家的真正的风景。

村庄、飞瀑、桃源，最后是通往这桃源的挂壁公路。锡崖沟的景点不止作者笔下这些，但写入文中的都是干货，都是最能契合作者心灵,与全文情感基调一致,最能渲染气氛助力主旨表达的部分,这样写用墨极为省简。作者写景的思路是逆向的,不先写从挂壁公路进入锡崖沟,然后再写被山包裹的村庄、耕地、飞泉、流瀑,而是直接空降到桃源世界的锡崖沟里,向我们推送巨幅特写,用这里隔绝人世的风景为下文写挂壁公路的奇迹开张,使文路曲折跌宕,引人入胜。当你惊奇这一方桃源世界的古朴之美时,才宕开一笔,正式进入主体,细细写唯一能够进入这一方桃源的挂壁公路,揭示这个千年古村存在的理由,介绍十五里挂壁公路、三十一年开凿的英雄史,写作者在崖壁上乘坐大巴飞驰而下时所见的奇景,最后不惜用多一点的笔墨写锡崖沟精神对于"我"的意义,一切自然如水到渠成。

(苏宝银)

邀请太阳

一　西侯度

西侯度是一个神话，当我跨入博物馆的展厅，我感觉瞬间就跨入一百八十万年前。

迎面就是森然的洞穴，没有墙壁，没有地面，只有天然的、黝黑的洞口，像一只天目睁开在黄河之滨。它用一种旁观整个世界的姿态坐在那里。它坐在那里，那里就有一种洞察一切的气场。

一百八十万年前的房子是什么样子呢？那时当然没有钢筋、水泥、砖块，只有葳蕤的森林和阴冷的山洞；所以，西侯度人在洞穴中取暖。也许他们偶然发现雷电击中的树干可以生发明亮温暖的火焰，所以他们模拟雷霆之击，一次次的钻木击石中，终于有火焰在亘古的长夜中诞生，这是人类历史上的第一把火。

他们把火种保存在洞穴里，开始装点自己的蜗居，他们快乐地采集、渔猎。他们打制的刮削器、砍斫器等已具备了人类制造石器的成分，遗址中带切痕的鹿角和动物烧骨的发现，昭示出他们已将"火神"征服在脚下，显露出"万灵之长"的神韵。每一个山洞都是一个家，也是一个王国。所有的决策都在这里作出，谁采摘、谁捕鱼、谁打猎、谁烧火……作出决定的是一个中年女人，她裸露上身，腰系树皮，她的额头黝黑光洁，牙齿雪白，她的指令像石器一样坚硬锋利，楔入每一个家庭成员的行动。

天光放亮，野兽开始出巢，西侯度人也开始走出山洞，他们手持木棍、兽骨和简易的石器，迎着猛兽和阳光奔去。他们在山间出没，奋力将尖利的石块投向纳马象；他们在水边逡巡，抓起肥大的河鲤；隔着一百八十万年，我看到他们身上的兽皮和树叶，其实他们就是这兽皮、这树叶、这西侯度的一部分。他们提着战利品回到山洞，开始生火烤肉，火焰飞腾，肉骨上的油脂发出奇异的香，火光殷红，亘古未有的壮美，它变成笑容凝在西侯度人脸上——火是他们取暖的源头，也是他们防御的战线；一堆堆燃烧的篝火、一层层厚厚的灰烬，隔绝了寒冷和黑暗，孕育出他们的文明和梦想。

　　一堆石器纷乱地叠放在角落里，它们和西侯度人一样遥远、神秘而原始，如果不是标签和解说文字，我不会认为它们是"石器"，在我看来它们就是一些天然断裂的石块。它们躺在那里，模糊的锋刃上有战争的传说，有太阳、森林和兽的气息。还有原始的烧骨，这惊世的发现说明人类在此取火，开始熟食，进入文明的时代——在展厅的尽头，我找到了西侯度人，他们安静地躺在地下，没有棺木、衣物，就连血肉和灵魂都已化为尘土，化为这晋南大地上的热土，他们只留下一些骨架；后人根据这些骨架的姿势将他们复原为雕塑，安放于此；无从分辨谁是首领谁是子民，他们或站或立，以松散或警觉的姿态与大自然同呼吸。2019年，"二青会"的圣火在此点燃，西侯度作为人类文明起源的重镇，其传承意义再一次得到纪念，透过熊熊圣火，我们可以感受它的懿范长存。

　　展厅里，有数不清的人在行走，南来北往的人啊，不计西东；我们从这里走过，这远古的留存便有了强烈的时代气息，这些气息与那些安静的石器和雕塑是如此格格不入，又如此水乳交融。

二 永乐宫

最美的邂逅是芮城城北两公里处的古魏城遗址，缥缈在绿荫中的永乐宫。雕梁画栋和佛龛壁画掩映在西风碧树之间，令我想起古人《宿永乐宫》的著名诗句：

> 税架南山麓，投栖永乐宫。
> 地偏方下榻，殿古夜垂虹。
> 旧里真人后，浮生过客中。
> 相约华表鹤，来往太行东。
> ……

是的，我感觉我就是一只停宿在华表上的黄鹤，逡巡飞过永乐宫。

导游告诉我们：永乐宫北枕中条山，南临黄河古道，始建于芮城县西南二十公里的永乐镇，是唐代道士——八仙之一的吕洞宾故里；唐人为了纪念他，遂将他的故居改为祠，宋、金时改为观。公元1244年被火焚毁，在原址上重建后，改称大纯阳万寿宫，因其地处永乐镇，故又名永乐宫。其宫内建筑规模之宏大，布局之合理，结构之严谨，堪称一绝。它占地127000平方米，建筑面积4000余平方米；主要建筑为一门三殿，一门为龙虎殿，即无极门，三殿为三清殿、纯阳殿和重阳殿，面南坐北排列在一条五百米的中轴线上。1959年，国家决定修建三门峡水库时，因其正处于水库蓄水区，国务院规定：将这一闪烁着中华民族悠久文化的珍贵遗产照原样完整搬迁至现址。迁建工程历时五年，现为国家重点文物保护单位。

"照原样完整搬迁"，这句话说来简单，其背后的艰辛不可言说，据说搬迁时是一砖一瓦都严格按图拆卸再码放的，耗费了多少人力！但是这严谨的态度和精湛的复原技艺最大限度地保留了这一宏伟建筑的原貌，使之继续矗立在芮城的核心。

我本来不信白日飞升的神迹，也不喜欢阴阳八卦的玄虚，但是此刻却为永乐宫震撼。雄浑的元代木结构殿宇古雅朴拙，给人以肃穆之感，藻井金碧辉煌，精巧绝伦；院落中巨树林立，有说不出的清凉。

跨入无极之门，行约百米，台阶突兀叠起；拾级而上，就是永乐宫主殿。殿内四壁都是美轮美奂的元代壁画，三百多个神像姿态各异；他们纷繁浩大却秩序分明，是等级森严的道教之中国特色——所谓的"三清如北辰，居其所而群神拱之"。

纯阳殿是吕祖殿，正中供奉着吕洞宾塑像，这一尊吕祖像是汉白玉的。吕洞宾仪态悠闲，像一个书生，有出尘之气。我仔细看了，觉得比我在太原纯阳宫中看到的吕洞宾要沉稳一些，少了一点风流蕴藉。

墙面坚实，满布壁画。关于这些壁画的作者，永乐的记载中只有三清殿的《云气图》记明所画云气、题记者姓氏，其余再无提及。也就是说，这辉煌之极的壁画多出自民间画工之手，无题无跋。我们只能笼统地称他们为"匠"——他们是真正的大国工匠，他们用"铁线""柳叶""琴弦""垒金"等各种描法绘制出的道教神祇、故事传说，工丽堂皇地飘浮在四座圣殿的墙壁上。一团团祥云清逸洒脱，一层层衣饰莹润鲜洁，环佩、璎珞、螺钿交相辉映，丝丝缕缕的飘带飞舞在这金秋的殿宇，在历史或当下间相互缠绕；神像的脸庞疏朗洁白，眼睛只用焦墨一点，便使得诸神之灵在此歌唱，我仿佛听到环佩琤玑，妙音四起。

三清殿前立有从芮城永乐宫的前身，永济永乐宫旧址搬迁而来的一个石刻小品：造于唐天宝五年的石制灯台。雕刻十二跪像，沉着稳健。底部存有一行小字"书及镌刻者弘农杨荣、造匠李阿贞"。

——张玉笔记

啊，这就是神仙世界，妙法青天。它们在无数金粉、朱砂、靛蓝、寿绿中披沥而出，这千年迷梦凋零了宿命之花，为尘为泥，归于大地，腾于青云。

……我在这神仙府邸想起一个人。在我一开始看到王重阳和他的七弟子时我已经开始怀想，然后我又想到即将到来的下一站：风陵渡口，那是郭二小姐遇到神雕大侠的地方。我信步走出院子，看到一个彪形大汉袒胸露腹，在一块窄条的青石上酣然大睡，作小龙女状……我想大家应该明白我想的是谁。我跟孙峰说，我能背下那个人书中的目录，我能记得每一个角色每一句台词。孙峰问我："华山派弟子们在衡山吃饭喝酒，一共付了多少钱？"

我没有答上来。

三　大禹渡

我要说的其实不是大禹渡的水，当然我能听到它深远的涛声。我看见的黄河在暮色里闪烁着金子般的光芒。鹳雀是孤独的，它在水泽边伸直头颈，执着地望向夕阳的方向。我在这尘世上还有太多的念想，比如说等待一片叶子归于根脉，比如说期待一颗小而璀璨的石头，比如说在一杯茶里喝掉自己的前生……

古今天下谁不知道大禹治水呢？但是有多少人知道大禹究竟在哪里治水？他曾经在哪里俯瞰滚滚的洪水？在哪里为了开山凿石而心力

交瘁？他在哪里三过家门而不能一顾妻子儿女？在哪里得到仙人点化悟得治水之道从而拯救黎民？

这些都可以在大禹渡寻到答案。大禹渡的命名，正是千百年来华夏子民对神迹和英雄的祭祀。都说黄河是母亲，那么大禹渡就是母亲丰美的胸膛，扬水站下滚滚东逝的河水就是母亲甘甜的乳汁。

这些水被扬水站第一级呼啦啦提升至沉沙池，水面上因了暗流涌动和鱼群出没而不时泛出水花，石雕护栏上镌刻着一些名人或官员的题词，见证这个地方的荣誉。沉沙池的作用是沉淀水中大于规定粒径的有害泥沙，使水的含沙量符合水质要求并与下游渠道挟沙能力相适应；其断面远大于引水渠道断面，水流至其内流速骤减，挟沙能力降低，泥沙遂沉于池中。黄河下游引黄灌区，常结合放淤改土使用条渠形沉沙池，淤满后即用于耕种。我有理由相信，这种设计是与大禹的治水理念一脉相承的。他摒弃了父亲鲧的堵截洪水之错误做法，以疏导之术分流洪水、清理淤泥，才有了今日的黄河之水天上来。

扬水站是20世纪70年代中国的十大水利工程，它的落成是禹王神迹的传承，是人类对自然的因势利导，它扼制了黄河的洪涝，使之为民所用，浇灌了芮城五十多万亩农田。站在上面的时候，俯瞰下面的黄河只有窄窄一条，然而下行至水边，才发现大河汤汤，辽阔壮丽。河水在夕阳下变幻着光泽，忽而是金黄色，忽而又成了银白或青灰。我坐在河边看水，河水静得无声无息，如果不是顺流而下的浮萍，我几乎怀疑它没有流动。这时的河水滑如凝脂，晚霞嫩得吹弹可破，它们与如黛的远山融为一体，像一条金织银绣的锦带围在芮城腰间。我听说这附近曾有八百壮士跳河殉国，我默默为这八百陕西愣娃致哀。

圣水观音是必须要拜的，大禹神像也一定要拜，走在禹王庙山门与大殿之间俯视山河，高台上莲花徐徐展开于足下，真有步步生莲之感；泉声传来，叮咚和着节拍，随着我的脚步如琴如筝，梵音似有似无。

神其实都是人，禹王也好，吕祖也好，愣娃也好，他们都曾经是这历史上真实的存在；而时代赋予他们机缘，他们于是担当重任，济世救民，成就自己的千秋功业，走上神坛。正是这种浪漫的英雄主义，才使中华民族不惧洪水烈日，不断繁衍生息，我抬头看着耸立崖上的那棵神柏，它渊渟岳峙，像活着的历史站在晋南；风中传来洪水的味道，它的脚下，一大片雏菊正在盛开。

四　芮城之光

我们继续来探讨神迹和凡人的关系。成神的人或者说变成神迹的功业必定是干出了实实在在为家为国谋求福祉的大事，因此他们会被口口相传，世代歌颂。

亚宝药业就是这样的神迹。从1978年起到现在，四十多年的时间里，它从一个作坊式的小药厂一步步成长为现在的庞大集团，书写了一个新时代的传奇。

漫步在亚宝药业整洁优雅的厂区，感觉不像是一个工厂，而像一座园林。树木葳蕤，阳光穿过枝叶照在大理石地面上，石板的间隙竟然有微微的绿，不知是草叶还是青苔，阳光扫过它们就像风过水面激起淡淡的绿色涟漪。

草叶现在发着幽香，盖住了空气中似有似无的一种酸涩，他们说那是药物原液发酵的味道，我看着厂方发给我的资料，其中有参杞蜂王浆、阿胶浆、罗布麻片、板蓝根……还有大名鼎鼎的丁桂儿脐贴。

一堵墙下的一方池塘里锦鲤在游动，这锦鲤真是有福气的鱼，每天吸纳天地之灵气，还有这么多灵丹妙药的滋养，如果它们此刻摇身起立，口吐人言，我想我也不会惊讶。

然后是宏光医用玻璃公司。对于玻璃制作，我并不陌生；我曾经在晋中参观过祁县的玻璃制品公司，熟悉玻璃的生产流程，我知道玻璃是"吹"出来的。这些玻璃器皿晶莹剔透，因了医用的缘故，更带有一种清凉洁净的感觉。有一个小小的插曲，在最后成品的车间门口，我们被拒绝进入，领我们参观的工作人员说："女士不可以入内，传统工艺上的窑变是禁止女性观看的。"我想这应该不能简单地用性别歧视来看待——我理解并尊重这些禁忌，尽管心有不甘，但还是顺从地停步了……在这片神奇的土地上，一定要有敬畏之情，相信洪荒之力，遵守来自黄河的神谕。

压轴大戏在光伏发电基地，山垭的缺口还留着雨水的痕迹，在那些湿润的土地上，银白色的光伏太阳电池板拔地而起。这些巨大的电池板像葵花一样随着太阳转动，它们的角度经过时间的沉积变得从容。电池板现在微微竖起，发出水银一样耀眼的光亮，我目不转睛地看着它们，这是一种奇异的、现代的人力之美，它与自然之美交相辉映。

我的想象被一片油牡丹打断，它们在我的眼前绿成汪洋。导游说现在不是它们开花的季节，它们在四月份开花，是雪白漂亮的硕大花朵。我想象牡丹花海的盛景，春风将它们的花瓣吹在光伏板上，像神灵的雪花覆盖晋南。他们说这种花可以观赏也可以药用，而且不挑土壤、喜爱日照，是一种很好的经济作物。

我在牡丹花田里拍照，就这样，终于，我与那行大字劈面相逢："邀请太阳，点亮芮城。"

我无法形容我看到这句话的感受，连日来的行走和观看似乎得到了一个完美的总结。这句广告语太美了，太豪迈了，它兼具文学性和政治性，将一个地域的文化宣传发挥到极致，它以它巨大的想象和魄力令我震撼，结合此刻的骄阳高照，这真是神来之笔。我在芮城的这几天，无时无刻不在沐浴这样的阳光，无时无刻不在惊喜和感动：黄河九曲，风涛南下；这个小小的县城，在黄河的转折点上辗转腾挪，走出了一条开辟鸿蒙的阳光大道。更难能可贵的，是它开辟道路的态度；这种态度从禹王开始，从吕祖开始，他们流传千年的济世理念奠定了这种态度；那就是：因势利导，天人合一。芮城人不叫喊"人定胜天"这样的口号，那是对大自然的不敬，他们遵循和谐之道，追求中和之美；在发展崛起的同时，尽全力保护了自己的家园。从永乐宫的原貌搬迁，到西侯度的复古重建；从大禹渡的沉沙疏导，再到工业园区的绿化净化；每一个细节都尽善尽美，诠释了现代文明之最高修养：那就是尊重，那就是传承。

午后的阳光铺出的这条神路，一径盘旋到芮城党员干部理想信念教育基地……这是一条回家的路，洁白的现代化建筑，圆润的外观，展厅明亮，巨大的触摸式电子屏展开在高大的墙上。一首歌在展厅中央回荡：

> 家是养你的爹，乡是生你的娘。
> 几多亲情牵肠，几多热泪盈眶。
> 你曾背起行囊走四方，创业的艰辛今生难忘。
> 即便穿上洋装，无论身在何方，永远都是芮城儿郎。
> ……
> 生态之路，
> 那绿水青山，是百姓的日思夜盼；
> 那金山银山，是百姓的梦绕魂牵；
> 这一切的一切，在芮城已经实现，
> 一任接着一任干，敢教日月换新天，

生态立县记心间，久久为功再续新篇！

古魏新芮今又是，换了人间！歌声、讲解声、笑声、人们的脚步声……无数声音在我耳边滚动，墙壁斑斓迷离，一行行的文字和一幅幅的画面交织，这是芮城之光、三晋之光、大美中国之千年传奇、万里神光。

赏析

你一定要有耐心阅读下去哦，本文讲述的故事与中华文化源起有关，作者从一百八十万年前写起，一直写到2019年的"二青会"，用深情的笔墨，丰富的想象、细腻的描摩，用五千多字的篇幅，讲述一些古老的神话与现实人生的意义，是一篇优美的文化散文。

那发生在三晋大地、黄河流域的古老神话或神迹，的确离我们很远，但也似乎离我们很近。它们都与中华优秀传统文化有关、都与人类生存有关、都与中国精神元素有关、都与太阳有关，全文一共用了四个小标题，从西侯度博物馆写起，写钻木取火、母系氏族，写原始文明对于今天的意义；写芮城的古魏城遗址处的永乐宫，写早在1959年修建三门峡水库时，国家为保护文物"照原样搬迁"的壮举；写大禹渡的大禹治水，写扬水站传承禹王治水方略，担当重任，济世救民；最后写到亚宝药业、宏光医用玻璃公司、光伏发电基地等的发展思路及成就。作者把神话与现实融为一体，把历史和传承用"太阳"这一桥梁建构在一起，故而，在阅读每个小篇的时候，你可不能真当成独立的小篇来读。

你可以把本文作为群文阅读的典范来读，为了领会主旨，可以先读一下最后一个小标题《芮城之光》，在这篇中会重点突显震撼作者心灵的广告语"邀请太阳,点亮芮城",这也许是本文标题的灵感源头,作者认为这句话文学性、政治性兼具,堪称如椽之笔。这条广告语是解读全文的一把钥匙——人类对于自然的敬畏无论何年何月都不可改变,这是现代文明的最高修养,这是尊重和传承。这里,作者所要表达的不再是小小芮城的经济发展成就,也不再是四十年改革开放中国发展的辉煌成就,而是让人不得不思考的人类未来的路应该怎样走的问题。由此也就不难理解作者一提笔就从西侯度写起,从人类文明诞生的发源地写起的用意了,作者为什么要讲出一连串的神迹和凡人关系的故事?她不是在游山玩水,而是从这些神话和神迹的游历中,深刻思考着这些神话、神迹不灭的原因——得出成神的人或者说变成神迹的功业的,必定是干出了实实在在为家为国谋求福祉的大事。这些人身上体现的精神就是中国传承了几千年的中国精神。这是中国发展甚至是人类发展的太阳,是点亮人类文明的力量与根源。

如果在阅读中拿到这把解读全文的钥匙,你就会豁然开朗,从而明白什么叫形散而神不散,全文看似写了四篇与神话有关的文化神迹的见闻感受,其实都被最后一篇统领着。而前面的故事可以各自独立成篇来看,但那样看似乎格局就小了,只有看到最后一篇时,才会深悟作者胸中丘壑,惊奇作者这样构思用意的深邃,同时也惊叹作者知识的渊博和思索的独到。

一定要耐心地读下去哦,你一定会收获一轮新的太阳。

(苏宝银)

纯阳白露

　　从三晋国际酒店走到纯阳宫，大约只有一二百米，中间隔着几条马路和一个广场。青灰色的路面在阳光下微微发白，从它身上淌过的车流冒出淡青色的蜃气；"影都"的门里走出来成双成对的男女，纯阳宫退守在暗红的墙壁里，显得有些遥远。

　　今天是白露，恰巧还是我的生日，天气晴好，柏树、砖雕、萧疏的园林和沉默的石像错落有致，我走在这略显冷寂的道观中，来拜访吕岩。

　　我问身边的人：听说吕洞宾是最风流的真仙？

　　他笑而不语，看了吕祖像一眼，那目光是不言而喻的。

　　没有人注意我，我像吕洞宾一样，三过岳阳人不识。西风在假山下拐了个弯，变得有点凝滞，太湖石间的藤蔓也爬进这风里。"明月小楼间，第一夜，相思泪弹"，如果这诗真的出自吕祖之手，那么道教真是一个任性的宗教。相传他是唐代道人，礼部侍郎吕渭之孙；也有人说他是李唐宗室，为避武后之乱改姓吕；种种传说扑朔迷离，使他成为传闻最广、逸事最多的一位神仙；他曾经流落风尘，"黄粱一梦"，得以悟道；他三醉岳阳楼，受金丹，得剑法，游戏人间；《全唐诗》中有他的诗数百首，不乏佳作。

　　对于吕洞宾，任何教条与规则都是不重要的，他传奇在风尘中，是可爱的有人情味的神仙；他永远是风流的，随心所欲的，谁也无法阻止他飞剑斩黄龙，三戏白牡丹。同样，也没有什么不可言说的心事能在他面前隐形。他有那么多香艳的传说，那么多的红颜知己，比如此刻他身边侍立的桃花女，脸上似笑非笑，衣纹下显现出饱满肉感的身体，她项带璎珞，脚踏祥云，注视着殿角的香灰；我不知道她的身份，她怎样来到吕祖身边，她会陪他几千年，这一刻是否就是永远。

小天台上走下来一个着湖蓝连衣裙的女子，撑着一把阳伞，她戴着一副墨镜，在一尊立像前跪拜，也许，她就是吕洞宾点化的广陵女子，从二十四桥明月夜中穿越而来并在此重现？吕洞宾的目光远远投过来，我有一点被洞穿心事的羞愧，但随即镇定下来，我想说，在命运和光阴颠倒错乱之下的深情，不曾在我一意孤行的诗歌里面枯萎，像桃花女一样沉默。小径紧贴着陡峻的山石倾泻而下，灌木丛斜逸而上，我扶着铁链在倾斜的重力前保持某种暂时的平衡。

我转过回廊，水声在这儿似乎很响，但听久了，却觉空空如也，有宗教特有的寂寞。至于侧卧的释迦、千手的观音、托塔的天王……他们都在此地聚散、显形，并一起悲悯浮世的飞尘……我随意浏览近处的碑文，许多字看不清，碑身上有一个佛龛，里面是结跏趺坐的佛，看简介这是一座著名的碑，只可惜我不懂得。我渐渐偏离了几重院落的中轴，沿着长廊迂回，像我此番的太原之行，像我的这段人生道路，像我这个和吕洞宾一起度过的三十四岁的生日……我想我此生也许不会再有机缘在这白露初生的清光中感悟一些东西，用一堆石质的诗行重新堆砌我的纯阳宫。

  白露在寒江闪烁
  素手拈起兰花
  浣纱的女子背后
  河水在镜中流过
  一千块青色的石头在水边沉默

谁在女墙外怀抱兰花
箫声呜咽
那些在流水中看见白露的人
瞳子拍摄秋天
露水漂白他们的青衫

当年吕祖说
三过岳阳人不识
纯阳宫中的侍女
手执纨素
以二十五弦的凌乱
为三清阁序
看我踏露前来

倘若露水因缘能使无边岁月
在白驹过隙时深深微笑
倘若白露能从我眼中流在那人心上
它何必一定是三十四颗……

— 赏 析 —

"纯阳""白露"充满诗意的组合，文章的题目就给了读者遐想的空间。

纯阳即吕洞宾，"八仙"中一袭白衣、玉树临风、"最有人情味"的神仙。白露时节，暑热远去，清秋降临，又恰逢作者的生日，在这个有点寂寥但又满含温情的日子，作者去拜访"略显冷寂"的纯阳宫、拜访即使羽化也依旧温情脉脉的吕洞宾，更何况吕洞宾身旁还有陪伴了他几千年的"似笑非笑"有着"饱满"身体、"脚踏祥云"的桃花女。在此，作者又巧遇了跪拜立像的穿"湖蓝连衣裙"的女子——似乎是当年"吕洞宾点化的广陵女子""从二十四桥明月夜中穿越而来"。这样的拜访是一种诗意的遇见，作者营造的意境让读者也深深感动。笔中含情是本文的一个显著特点。

这一次拜访，让作者深深领悟了一些东西，文末的小诗非常形象地给我们再现了作者"堆砌"的纯阳宫：寒江、白露、水边青石、浣纱女、"瞳子拍摄秋天"……在山隐隐水迢迢中望见"文光焕然"而"显化降意"兴建三清阁使得王羲之"降笔手书"序言……"能使无边岁月在白驹过隙时深深微笑"的"露水因缘"……无论神也罢人也罢，吕洞宾寻找的都是生命中的一种境界，一种自由、闲适的感觉。"我"渴望这样的人生。这就是作品的主旨所在。

本文的另一个特点是浓郁的文化气息。不足两千字的文章却用了七八个典故：吕洞宾的出身，吕洞宾与白牡丹的情缘，钟离权用黄梁一梦度化吕洞宾，吕洞宾在岳阳楼度化柳精、梅精，在广陵点化名妓弃暗投明，"飞剑斩黄龙"由禅宗开悟，三清阁序，纯阳宫横跨三十四颗生命大星……典故虽多，但没有"掉书袋"之嫌，作者信手拈来，将其融化到了自己营造的意境中，融化到了自己的议论抒情中，使得文章意蕴深厚，耐人寻味！

（杨艳峰）

（杨艳峰，女，1965年生，山西省榆社县人，晋中市作家协会会员，榆社县作家协会副主席。任教于山西省榆社中学，中学语文高级教师、教研室副主任。任榆社县"怡心文学社"辅导老师，《怡心报》

编辑，作品散见于多种报刊。教坛耕耘三十六年，热爱学生，热爱教育，热爱文学，希望能用文字温暖自己，也温暖他人。）

赏析

这是一篇饱蘸浓情的散文。

随着作者的笔触，似乎我们是去一处古迹，但这名胜的风景已被碎片化成鳞鳞爪爪。如果你真要拼接这些殿宇、楼阁、回廊、雕塑、碑碣，就无法走近神话中的吕洞宾，更无法走进作者的内心世界。

所以，如果把这篇千字文当成游记读似乎难了点，你在文中找不到移步换景的写作顺序，找不到作者要重点介绍的那些景点的特征，如果你想要在其中读出人文风景怕是会失望了。但你一定会从文中认识一个叫吕岩的人，而不只是八仙之一的吕洞宾。这个人跟你想要看到的景——纯阳宫相关，但拜访的时间偏偏在作者生日那天——正好是白露节气。这样的巧合将原本没有任何关系的两个内容严丝合缝地结合在一起。这就是这篇散文的魅力——两个同样有才情的人物，在不同的年代、相同的地点相遇，自然一定会有好的诗文诞生的。

果然，作者在文尾在似乎并未尽兴之余又续写了一首诗，为人生的遗憾添一笔白露为霜的新愁。

作者似乎很随意的开头加了似乎很刻意的描绘，把我们带上一段浪漫的旅途。现代与神话的穿梭似乎非常平常自然，仿佛二者原本就是并存的。路面青灰发白，车流靥气淡青，纯阳宫遥远的墙壁暗红，这些色彩似乎都是作者刻意为白露作背景调色的，起步就已入云端。因为拜访的是吕岩。成仙前的吕岩有着凡间才子的一切烦恼，他的这些烦恼何尝不是现代人的烦恼？而到最后都被成仙后的吕洞宾一一斩断。放下，这是心灵境界的飞升。而凡尘谁能放下？人说吕洞宾是最风流的神仙,这"风流"二字,绝不是凡人理解的那个意思。故而,"我"的心思就被纯阳宫的吕洞宾看穿了。而芸芸众生呢?有谁不羡像吕岩一样的才华横溢、任性自由呢?

在与"吕洞宾"一起度过的三十四岁生日里,作者的人生感慨只有懂得的人才能明白。

(苏宝银)

晋祠流水如碧玉

冬天还在南下的路上，冷雨却已捷足先登，树叶将离开深秋，我等待的一切却还没有出现。

周柏与唐槐依然站立在凹凸了千年的古园中，柏叶萧疏，像无数折扇轻摇，每一扇针叶之后，都或坐或卧着一个含愁凝泪的女子，唯恐秋扇见捐。北风在十点一刻徘徊，柏的气息清苦微涩，是谨小慎微的窥探。槐则精怪许多，它枝叶浓密，类似心思缜密的智者，一枝羽状复叶华美如一尾孔雀翎，透出诡谲之气。我抚摸它树干上灰暗色的皮肤，它是传说中易于成精的树种，那么此刻，这个两千余岁的生命是否知道我心中所系并有所感念？我隔着雨丝风片抬起头，感到一些东西正试图通过湿冷的树皮洇进我心里。

难老泉从悬瓮山流淌而来，据说这泉曾经断流过，但是现在看不出，泉眼汨汨，有落叶随着泉水涌出，叶子和水色一样青碧，冷香穿过流年——它要润泽三晋，怎么能干？在晋祠水边可以遇见很多人，他们的骨血中都流着晋祠的碧水。我不知道这些水流中的落叶，哪一片镌着周成王的诺言，哪一片印着李世民的笔墨，哪一片又载着林徽因的爱情；我撑着雨伞走过鱼沼飞梁，看着一队锦鲤缓缓游远。

这是我第三次来到晋祠，每次我都会长久地端详圣母殿中的侍女群像，她们总是如此安静地出现在我眼前。

左庑东侧最后一名红衣小鬟历来最被人们喜爱，十四五岁的小姑娘，圆脸大眼，粉白的双颊丰盈出稚气的美，而眸子狡黠灵动，她的脖子扭着，好似在娇嗔。梅兰芳先生钟情于一尊歌姬，那是最为美丽恬静的一个女子，她微微低头，面上是合乎礼仪的笑容，似刚刚为圣母献唱完毕，正在谢恩的样子；但如果绕到她侧面看去，可以看到眼角欲坠的泪水和悲苦的眉峰。梅氏评价这尊雕塑："一笑一颦，似诉平生。"其实也是感叹自己一生畸零，粉墨人间的无奈。而其中，最令我感触的，是右庑第二位老年女官；她头戴宝莲冠，身穿对襟青衫，嘴角下撇，眼神空洞；她的神情已经没有了任何向往，只剩下尖酸和落寞，她似笑非笑地打量着一众年轻同伴，似含讥讽，似含悲悯。

我走在她们中间，感受着她们的生活，想象着她们的世界，我感叹是什么样的大师将她们的生命雕塑于此。她们诞生于北宋元祐年间，那是中国历史上文化最为繁荣的时期，许多文学艺术巨子活跃在那个年代，我不知道这些彩塑是何人雕刻，但我能懂得它的魅力和价值。也许工匠们厌倦了千篇一律宫廷肃立的场景，厌倦了正襟危坐的贵人刻板的神情，厌倦了他们可望而不可即的奢华事物；也许他们应诏奔走在森严的禁宫时曾得到某个善良宫人的照拂，也许他们曾有幸窥得御花园中少女烂漫的笑颜，也许一闭上阳多少春的迟暮美人触动了他们怀才不遇的感慨……所以他们的刻刀下有了灵魂，他们记录下这茫茫红尘中世态炎凉的场景。

我一路走到舍利生生塔，雨丝仍然零落，这欲断魂的冷雨，为何飘到如今？我在奉圣寺中许了一个心愿，与身边的人有关，希望舍利有灵，可以佑我。走出水镜台时，我想起清人刘大櫆的游记："浮生之飘转无定，而余之幸游于此，无异鸟迹之在太空。"是啊，无论梦想是否能够成真，我只能随遇而安，我必须相信，每一条流水都有自己的命运，只有这样，我才能走下去，走在自己的晋祠里。

晋祠流水如碧玉

比碧玉更碧绿的
是槐叶的脉
是舍利
是雨中的青衣
是命运的倒影

落花谢于镜中
金人撑起唐朝的纸伞
生生塔下的祈祷
如此柔软

赏析

  晋祠是皇家园林，已有两千七百多年的历史，园内有自然景观，有人文建筑与雕塑群。作者精心选材，择其经典的"三绝"——周柏唐槐、难老泉、侍女群像，仅用千余字就将其呈现在了读者面前。

  与一般的游记散文不同的是，面对所刻画的对象，作者不是平常的观赏，也不是隔着时间的缅怀，而是一场心灵与心灵的对视、情感与情感的共鸣。周柏"含愁凝泪"、唐槐"精怪""诡谲"，似乎能读懂她的"心中所系"；水色如叶子一样青碧的难老泉与水中落叶，似乎传递着周成王的诺言、李世民的笔墨……与她最有缘、也是作者在文中浓墨重彩描绘的侍女群像则可以向她深情地述说曾经的过往……让作者情不自禁地穿越时空去关照她们的人生轨迹……在舍利生生塔下、在水镜台，作者终于豁然开朗："每一条流水都有自己的命运"，有梦想但能"随遇而安""才能走在自己的晋祠里"，活出别样的人生。这也是作者要传递给我们的晋祠的"碧玉"：如流水般清透的思想——学会接纳生命中的一切。

本文的另一个特点是描写景物、人物细致入微，精妙传神。尤其是描写侍女群像。晋祠圣母殿中的塑像是中国雕塑史上的精品。当年，技艺高超的工匠们用刻刀"刻出"她们的灵魂，难得的是今天我们的作者能读出她们的灵魂、写出她们的灵魂。红衣小鬟"狡黠灵动"的眼眸中展现的稚气的美，歌姬"恬静的美"的神情掩饰不住的悲苦心酸，老年女官在命运"尘埃落定"后"似含讥讽，似含悲悯"的表情背后的沧桑……都在作者笔下还原。文字隐去，她们仿佛就在我们的身边。入木三分的刻画源于作者用"心"观察、用"情"体味，也引导着读者用"情"欣赏，用"情"感悟。好的散文需要"情读"。

（杨艳峰）

表里山河经行处

第二辑

青梅如豆

三千年的石壁面对一条河
孤鹜飞了万里
它伸长颈子，发出碧绿的啼鸣
落霞说那是唐朝的声音
暗香浮动流水
成群的石头像雪白的羊马
我在舷边
刻舟求剑

岩良观荷

和妹妹同去岩良，一是消暑，二是看荷花。荷塘有数亩，多数是粉色，也有白的，正是极盛的时候，池塘边是树林，细碎的松针铺得满地，踩上去厚厚的很松软；阳光透过树叶的缝隙洒下来，也是细碎的金色；远远飘来凤凰传奇的《荷塘月色》，颇为应景。这歌却不是玲花唱的，是一个低回的男声，用粤语，唱得极尽缠绵。这是夏日的午后，阳光热烈晴好，自然没有什么月色，但是来到岸边，水汽夹着清香随风袭来，阳光也似乎变成了月光。人说出水芙蓉无限清绝，那应当是凌风飘举，高处不胜寒的美人，弥望在碧波之上，如广寒宫中的姮娥；但我此刻看到的，是如同田野或草原的荷塘，荷叶绿得如痴如醉，又大又圆，挤得满眼，看不见鱼戏荷叶于东、于西、于南北；夹杂在其中的荷花稚嫩光润，温柔可亲如同邻家少女。三妹折了几枝荷花和叶子，把荷叶顶在头上，她笑着拉二妹合影，两个女孩相似的容貌在荷叶下微笑着，宛若一对并蒂莲。荷花的香气若隐若现地散着，闻着有一点甜味，我摸了摸，花瓣和叶子都比较肥厚，粉白翠绿，十分洁净。

在我的印象中，荷花是钟灵毓秀的植物，神话传说中，它是易于成精的花种，往往有青衫少年月下攻读，邂逅美人，这美人便是芙蓉仙子；然后情缘于岁月中走到尽头，美人离去，唯余书生在时光深处独对一枝垂露的荷；这时候荷花是有情的，缠绵缱绻的。荷花又与宗教有缘，被赋予重生的神力，三太子哪吒挟业火单挑三界，他森森的白骨因莲藕得以复苏；当他将三千里城池挑于枪下，那时节十万红莲盛放；这样的荷花是妖异的，它在弱水中摇曳，展示自己邪恶的美。

　　这是两种不同的荷花，如果她们托生为人，大约前一种是小家碧玉，温婉而脉脉含情，是庸俗的人生中娇憨的扮相；后一种是教坊名姬，风情万种，罗衣半掩，指点着歌舞升平的盛世下暗藏的浊流。风在午后炽烈的空气中游走，荷花或红或白的气息甜而醉人，我能听到她们发出的声音，是细长不绝如缕的水龙吟。

　　　　无端隔水抛莲子。
　　　　拾得芙蕖香染衣。
　　　　留得枯荷听雨声。
　　　　花自飘零水自流。

　　这是何人的诗句？他们发现了荷花的诡谲心事，借助波光的微茫，他们看见红尘万象的倒影；一幅水墨长卷徐徐展开，画轴上浮出红莲的脸，在岸边折莲，像一种爱情的开始，是水色让荷花拥有了爱的属性。我穿过荷叶看到榆社的夏天，明昧不定，是小说中长长的伏线，此时还未到揭晓谜底的时刻，那一红一白两朵莲，她们的相遇注定昙花一现；当夏日过去，秋凉来临，相爱的人终成陌路，生死离别。

　　妹妹举着花离开。

　　这几枝芳华正好的白荷，我想她们的年纪应该是十五六岁，比我小一半；花在妙龄，我已老去。

赏 析

在许多人的心目中，荷花永远是圣洁的，只能虔诚地远观。"伫立红尘却不染纤尘"，已成了对荷花恒久的认识。《岩良观荷》换了一个视角写荷花，让我们从云端回到了大地。

一是荷花的生长之地。岩良是黄土高原上的一个普通的小村庄，岩良的荷塘"如同田野或者草原"，生于斯长于斯的荷花自带人间烟火气，自有凡人情愫。二是作者观荷时的背景。有"男声""粤语"的《荷塘月色》，有妹妹们随意折几枝顶在头上拍照的自在。三是作者审视它的独特视角——"温柔可亲，如同邻家小妹"。它可能化身在人间留一段情后又悄然离去的芙蓉仙子，或者是挟业火单挑三界的哪吒的肉身；还可能化身温婉的小家碧玉或风情万种的教坊名姬……但始终少不了一个"情"字，这"情"是俗世的"情"，接地气的"情"，情到深处情也短的"情"，也是让人欲远离却不能的"情"。"岩良观荷"是"观"不是"赏"，"观"比"赏"更冷静、更理性、更能看清事物的本质。也许，张玉眼中的荷花才是本真的荷花。这就是张玉，总是用一种与众不同的方式去关照万物，也启发我们从不同的角度去阅读世界。

本文的另一个特点是奇特的想象。传统文化已根植于张玉的生命中，在张玉的心里，即使是传说中的人物，其生命形态也是多姿多彩的。信手拈来，即成自己笔下栩栩如生的形象，芙蓉仙子、哪吒……读者似乎能看见他们，甚至听到他们的声音。张玉的散文有"文化"！

（杨艳峰）

要过永和关

没有来过永和之前,我一直以为榆社就是山西最小最穷的县,及至来到这里,才知道永和的人口和财政收入才是榆社的三分之一,不禁一笑。傍晚我发现忘了带数据线,出去转了半条街才买到,街道上人车寥落,宾馆的大厅里也是空空荡荡。我在一个便利店里拿了一瓶水,却找不到收银员。

暮色渐深,四面都是黛青的远山,街道随山势起伏,放学的孩子们骑着单车,像鱼一样在街上游过。我沿街向北,临河的房屋有灯光勾出轮廓,高大的柳树在晚风中扬着枝条;时令已至芒种,还能闻到丁香的气息。夜幕在身后不紧不慢地随我漫步,一派安逸,整个夜晚可以让我消遣。夜逛小城,还有一个重要项目是寻找风味小吃,但是很遗憾,这里跟我的家乡榆社一样,特色美食乏善可陈。一路有几家小饭馆,窄门脸,高台阶,参差错落,招牌敝旧,不太像店铺,倒更像住户,灯光散着黄晕,门扉半开半合,我在门外觑了一下,没看到人,只有靠门的桌子上躺着一页塑封的菜单,落满了灯光。

我还是走了进去,要了一份凉粉、一碗小米粥,凉粉晶莹清润,卖相诱人,但是没什么筋骨,调料的味道也有些重,我没有吃完。小米粥倒是很好,有煮得绵软的南瓜和花生,香甜可口。等我吃完饭,永和更静了,我的脚步声愈加清晰,嚓嚓地随着夜风和灰尘在街上游走,消失在路灯尽头的黑暗里。

第二天,我们去永和关,村口青草离离,幽深的小路连接着一个个古老的院落。里面是石窑，隔着窗棂向里张望，木凳散落，阳光斜照在剥落的墙壁上，院子的角落里堆放着掉下来的青色瓦块，不知谁家的狸猫在上面卧着——它们不愿离开这里。

永和并无什么历史名人，曾经的白氏族人也没有流传下什么奇闻掌故，只有一首民谣载着时光顺流而下，传唱着永和关曾经的昌盛："要过永和关，先找白老三，吃上两碗面，送你上渡船。"我站在黄河古道边俯瞰，满眼都是灰白的河砾，没有渡船，没有汤面，也没有白老三。酷暑的中午，日正中天，热浪无孔不入，而萧瑟和空旷是如何炽烈的艳阳也无法消除的。那些依山的窗，那些临水的门，都恒久不变地保持沉默，它们的视线在空洞的村庄里回旋。我想象不出这里的一切有了多少岁月，而黄河在右，无声无息。渡口没有了，居民搬走了，人气不复，繁华的关卡变得冷清——任何东西都必须生存在生活中，如果没有足够的人气，一切事物都会黯淡凋零，房屋如此，山河如此。

我在那棵古槐边站了一会儿，同伴们都去爬山了，他们说崖上有一块巨石，状如龟，值得一看，我没有去。我重新走回白氏祠堂，拍了几张照片，凉气森然——对于我这样的过客，永和是冷漠的。天过午，我也累了，大巴向乾坤湾进发，我在车上打了一个盹儿，醒来时，著名的蛇曲奇观已在眼前。

赏析

永和关是黄河古渡口，一千七百年前即开始了它的摆渡生涯；永和关也是一个村庄，四百年前襄汾县白氏迁居于此，依照五行相生的原理建起了村落，三十五公里外的永和县城因之得名。由此可见当年的永和关多么繁华，影响有多么大。但今天的永和关呢？

跟着作者文字的踪迹我们先到了永和县城。作者用了文章近二分之一的篇幅写了傍晚的永和县城：街道冷清、房屋简陋、饭店的吃食简陋；已是芒种时节，却没有初夏的气息。为下文写永和关做了铺垫，也奠定了全文的基调。

在永和关，作者看到：村庄荒芜，古道还在，但幽深寂寥；古老的院落"墙壁剥落""木凳散落"……黄河古渡口萧瑟空旷，黄河故道满眼河砾……一切都在凋敝。"没有渡船，没有汤面，没有白老三"，这一句话最是伤情，读来泪目。"我在那棵古槐边站了一会儿"，当年白氏建村时依托的中心——槐树还在，但人已去村已荒，无言处，作者的感慨更多。

《要过永和关》，极像一首唐人怀古诗，确切地说，像刘禹锡的怀古诗。昔盛今衰，吊古伤今，有痛，但更多的是无奈。"如果没有足够的人气，一切事物都会黯淡凋零。房屋如此，山河如此"。但人气是会游走的，事物的盛衰也会迁移的。画龙点睛，揭示出了文章的主旨。

本文的第二个特点是语言简洁自然却意蕴深长。寥寥数语，表情达意，即已淋漓尽致。比如，"放学的孩子们骑着单车，像鱼一样在街上游过"，一个比喻"像鱼一样"，一个动词"游过"，形象地写出了孩子们的骑行技术，也从侧面表现了街道的空旷。再比如，"我的脚步声愈加清晰，嚓嚓地随着夜风和灰尘在街上游走，消失在路灯尽头的黑暗里。"三十五个字，写尽街道的清冷，夜的寂寥。字数不在多少，词语不在是否华丽，能准确地表情达意是语言表达的最高境界。

（杨艳峰）

龙洞的核心

我相信这宇宙的核心成分，是一个个神秘的黑洞；它们彼此依存，互相守望，默然看着这世间的一切并估算万物的能量，在合适的时机——终于有一天，它们不动声色地开启、吞噬，然后一切归于沉寂。具体到人类的生存历史，洞也是千万年来永恒的家园，从茹毛饮血的上古时代开始，洞穴就承担着庇护、安居和繁衍这种种责任；它是生与死交接的场所，一条联系过去和将来的通道，最初和最后的圆心都在洞里。出于这个想法，我敬畏洞穴，敬畏一切肉眼无法洞穿的神秘的空间。

在武乡太行龙洞，沿着潮湿阴冷的石阶进入山腹，盘旋而上，我仿佛正在进入一个黑洞。巨大的万有引力让我的脚步滞重，四面袭来寒冷的气流，这寒气不能叫作风，而类似一种"波"，它急于传递一种什么信息，而我无从解译这晦涩的密码。

四壁滴水淋漓，过洞桥，踏长廊，祭星石在暗处闪烁着幽光；洞中的射灯与它配合默契，宽阔的石厅中繁星灿然。我在龟池边蹲下来，看着清澈的池水，远处有小小黑点在游弋，不知是水底的沙砾，还是鱼儿，灯光下看不分明——我愿意相信是后者；在这与世隔绝的静谧空间，它们漫无目的地穿梭于岁月，这庞大的洞穴中沉积千万年的钙华，就是时间赐予它们的生命之年轮。

这洞并没有我预料中那么长，灯火流光，使晶莹剔透的钟乳石无限接近我对"龙""北海""水晶宫"的想象。四处水声潺潺，灯光被溶解、晕染，像一幅不真实的水粉画，让我无法看清这些从未在天光下流淌的水是什么色彩；也许是雪白，也许是深黑，总之它一定不是我现在看到的颜色，不是这灯光变幻了的五彩缤纷。它一定是纯正的，或黑或白，厚重而浓烈，在这样千古不变的时光黑洞中，它要是色彩斑斓简直说不过去。

洞中还有洞，层层叠叠的洞窟像一只只神灵之眼，水声渐大，向导说那边还没有开发，只知道有大水在内奔行，人们叫它"龙湫"。我取过她手中的电筒向里照射，什么也看不见，只有无垠的黑，乱影摇晃，把我们的灯光和视线反弹出界。我小心地沿着扶梯爬行，钟乳石成群结队地呼啸而来，有参天的石笋，有亭亭的石芽，有神佛，有奇兽，万物生长，众生狂欢；它们似乎亘古不变，它们又似乎移步换影，像敦煌壁上舞蹈的飞天，在动静之间构建这人间神殿。

走出洞口时，阳光照得我有点睁不开眼，一大片苍翠的树叶带着热浪迎面而来，我们好似才发现这满山的浓荫和青绿，譬如碧玉、譬如清波，掩映着方才似真似幻的洞窟。我才知道龙洞的发现源于一场意外，是当地的一个羊倌在寻找一只丢失的白羊时误入洞口，这奇观才得以被世人所知。也就是说，深藏山腹才是它的初始形态，它并不情愿将自己的心思早早暴露人前，它更愿意冷眼旁观红尘万象，吸纳黑暗的精华，不动声色地扩大自己的内涵。

我再一次回首，看着这座洞穴，看着它的深与黑，将地心深处的记忆努力转化为现在进行时。

赏 析

龙洞是一个溶洞，洞内溶岩千姿百态，且洞套洞，景观奇特；

但《龙洞的核心》重点不是描写它们如何的鬼斧神工。这篇文章属于游记，但"游记"是形式，借游记说理才是目的。

文章的开头用了近两百字的篇幅告诉读者，洞是"联系过去和将来的通道"，是"生与死交接的场所"，我"敬畏一切用肉眼无法洞穿的神秘的空间"。开宗明义，这是作者要在这篇文章里表达的思想，也是文章的中心所在。

为了突出中心，作者用心选材，精心剪裁；写了三个层面的内容：一是洞与洞中水，二是洞中的钟乳石，三是洞的发现。第一个层面的内容详写，其他两个略写。

详写的内容作者运用了反复渲染的手法突出其神秘。在作者的笔下，龙洞在"山腹"，仿佛宇宙的"黑洞"，一脚踏入即有一种巨大的"万有引力"，"让人脚步滞重"，且洞中有洞，层层叠叠的洞窟像一个个神灵的眼。洞的四壁滴水，人在其中，脚下是水，远远近近"水声潺潺"，洞中之洞"大水奔行"，人工的灯光变幻莫测，让人看不清水的颜色，看不清水中若有若无的生命是真是假……恍惚间，真有进入"时光黑洞"的感觉。

略写的内容，作者惜墨如金，但极富表现力的语言却是一字千金。作者说：千姿百态的钟乳石扑面而来，似"亘古不变"，又似"移步换影"，"像敦煌壁上舞蹈的飞天，在动静之间构建这人间神殿"。联系中心，读者读出的却是，它们在这个洞中"生与死交接"时得以涅槃之后的舞之蹈之。

最后回到题目——"龙洞的核心"，"核心"是龙洞的景观，是景观传递的大自然的"神秘"，也是作者要借此告诉读者的道理。作者的感叹再次将读者引入深思——龙洞深藏山腹也更愿意永远深藏，"冷眼旁观"人世，"不动声色地扩大自己的内涵"……这句话，画龙点睛，照应开篇，深化中心：敬畏神秘的空间，更要尊重它，努力让它留住自己的"初始"。其实，人与社会相处也当如此。

独特的视角，独特的思想，张玉的散文总能给人独特的享受！

（杨艳峰）

这里是蟒河

　　沿晋阳高速去往蟒河方向，一路的标识牌上闪出许多地名：皇城相府、九女仙湖、水上公园、大峡谷……令人惊异这小小的阳城竟有如此多的美景。蟒河远在深山，公路九曲回环，爬坡，急转，几起几落。从车窗向外望去，先是碧绿的灌木、嫩黄的刺玫，然后是偶露的溪水，色呈银白，仿佛有声；间或闪现出灰白色的石头，凹凸有致，像河床，又像河岸，看不分明。这种地貌与我家乡晋中的黄土丘陵截然不同，与我常去的长治地区那种喀斯特景观似乎也有区别，是一种沉着清寂的风光。再后来什么也看不清了，峡谷中升起云雾，车如箭镞在其中穿行。

　　银色的蟒河扭动身体从山间转出，水下流沙亦如白银，有许多黑色小鱼嬉戏，我眼神不好，以为那是蝌蚪，被妹妹取笑了。几座木桥弯在岸边的绿雾中，下面是淙淙的水声，上面走过一个红衣少女，我想起小时候背过的一副对联，下联是"地作琵琶路作弦"——或许可以改两个字刻在这里："水作琵琶桥作弦"；只是不知那少女会不会馈我一曲琵琶行。

　　溅起雪色浪花的小瀑布、虬结的树枝、赤脚踏在水里手持鱼竿的男孩……蟒河喧哗得有声有色。这个地方我觉得应该多建几座水榭亭台，六朝烟水气，一路管弦声，才更令人心醉。循着石阶一路深入，有一处小小的汀州，名为桃花岛——这名字自然是从金庸书中

第三辑　青梅如豆 / 115

来的。我看不清岛中的绿树是否桃林，只看到有水鸟和蝴蝶飞过：东邪在哀悼过去，蓉儿在渴望未来，流年随着潮声谢了桃红，弯弓射雕的少年便不期而至了。桃花岛，一个多么武侠的意象，一个多么爱情的地名，看到它的一刻，我心里想着青春，想着黄蓉，一个多么美丽的妖女。

一方小潭前有一个休憩场，潭中可以游乐，有那种人力小艇，像骑单车一样划桨，我们下水玩了一会儿。二妹和她的男朋友配合最为默契，小艇在水面上进退自如，这是个好兆头，象征如鱼得水的爱情。有导游领着一群游客在观水，喋喋不休地讲着一些杜撰附会的传说，我是不爱听的，于是转头问兜揽小艇生意的男人道："为什么这样安静的一条河，取这么一个名字？蟒河，真是猛恶啊。"那男人笑了，说："其实没什么，几百年前这河里有一条蟒，于是就叫蟒河。"

午饭是焖面，青翠的豆角和淡黄的面条，有零星红色肉丁，味道鲜美。我觉得有些干，另要了一份凉粉，几个人分着吃完，继续行走在悠长的午后。二妹说可惜弟弟没有来，就短他一个人，像是为了应景，这时出现一棵巨松，树身苍黑，枝叶匝地，松的周围有一丛丛灌木，卵形叶子，结着红红的果，晶莹无比。灌木旁立着一面木牌："山茱萸。"原来这就是茱萸——"遍插茱萸少一人"，王维诚不我欺。

松下有一个中年女人坐着小杌，兜售土特产，有茱萸和红豆。那么多深褐和灰黑的果实分门别类，整整齐齐地码成小堆；女人的神情也是灰色的，这灰不是黯淡的死灰，而是沉静的、洁净的灰。红尘中总有些人和事会化为飞灰，就像此刻岸边树荫下泛着银光的河水，那里曾经有一条蟒，所以它叫蟒河。

赏析

蟒留在神话里，温柔静美、清新自然的家园留在人间。这里的山美、水美、来此的人美，美美相生，再加上作者极富构图能力的语言表达与对生活的热爱之情，一笔笔纯净明媚的色彩从作者的笔端流出，汇成一卷长长的画轴……

画面一：流水、木桥、少女。银色的蟒河从山间转出，岸边的"绿雾"中弯着几座木桥，桥上有"红衣少女"翩然而来。画面色彩鲜明，绚丽多姿，让人心生喜悦。"水作琵琶桥作弦"，红衣少女是"弦上跳动的音符"，奇妙的比喻让画面更添情趣。

画面二：亦真亦幻的"桃花岛"。为它做铺垫的是"雪色浪花的小瀑布""虬结的树枝""水里手持鱼竿的男孩"，寥寥几笔，意趣盎然。桃花岛是水中小汀，只有绿树、水鸟、蝴蝶，作者却用金庸笔下的东邪，青春正好、等待射雕少年的蓉儿，为它带来梦幻的美，虚实相生，如诗如画。

画面三：满载爱情的小艇。蟒河上有小潭，小潭中有小艇，小艇上是妹妹的爱情。很少的笔墨传递的是由衷的喜悦之情。

画面四：巨松、茱萸、女人。苍黑的巨松，绿色的茱萸树与红色的茱萸果，还有神情是"沉静的、洁净的灰"的女人与她面前的茱萸果和红豆。这幅画的主色调是略显沉闷的"苍黑"与"灰"，但有"绿"的生机，"红"的晶莹。如果说前三幅画传递的是青春的明丽，第四幅画则是中年的沉稳。

《这里是蟒河》是一卷清新自然的画轴，人与自然、现实与诗意融为一体。其主旨也如画面一样清晰：自然美，但内心纯净的人创造了第二自然。阅读这样的作品，我们获得的是心灵的滋养。

（杨艳峰）

沙棘中的方山

在吕梁西麓有遍布四野的沙棘，春末时开细小的黄花，碎金般点缀在铁黑色的枝头；到了秋天，一簇簇一丛丛的橙色果粒就满山"烧"起来了。这种植物其实我的家乡也常见，我们叫它醋柳，但是零星而分散，不是成片的；没有这样漫山遍野的林子，没有这样铺天盖地的橙黄。不过我小时候去山里，也总能采到满把满把这样的野醋柳，它酸甜的汁液带着阳光的金黄连接着我的童年。

时令已是深秋，但是有晶莹的沙棘在枝头燃烧，浩瀚的沙棘林毫无萧瑟之感。林下的芳草鲜美，竟有春天的气息，几只不知名的小鸟飞上沙棘枝头，这些精灵的羽毛镀满沙棘一样灿烂的橘红和金黄，大约是一种保护色吧。向导小李是本地小伙，二十几岁，还没有成家；他是一个环境保护组织的志愿者，每年春夏之交回到家乡，来沙棘林中居住，待初冬万木凋零，他就离开林区，北上京城。他说沙棘林最美丽的季节就是此时，沙棘成熟，各种飞禽走兽纷至沓来，在这里享用一年一度的盛大宴席——他在这里看到过许多平时不得见的珍稀物种，有鸢和鹞子，还有麝和老豹。

沙棘长得极快，小李的毡房前有两条小路，隔几天不清理，新长的密密的沙棘枝就会把这小径封锁；所以他日常的工作，包括修剪树枝和草地；除此之外还可以打兔子——这里的野兔极多，十分肥美，且蠢得可爱，"守株待兔"这个词用在这里是可行的。午饭时，他请我们吃红烧兔肉，我一个人啃了四块巴掌大的骨头。

在沙棘林中漫步时，小李为我讲了几个故事。一个是说当年成吉思汗为了轻装上阵，将一批连年征战、体弱多病的战马弃于沙棘林中。待他们凯旋再经过那片沙棘林时，发现被遗弃的战马不但没有死，反而都恢复了往日的神骏，一匹匹出落得膘肥体壮，奋蹄长嘶。战士们向铁木真禀报此事，一代天骄猜测这是战马觅食沙棘之故，遂下令全军采摘大量的沙棘果携带。果然，经常食用沙棘，蒙古铁骑比以前更加骁勇善战，直至横扫欧亚大陆。一个是说山西的省鸟褐马鸡，那是一种雍容华贵的鸟类，毛羽蓝褐相间，十分美丽。但在人工养殖的过程中，褐马鸡出现了尾羽脱落、毛色暗淡无光的现象，这一问题很长时间未能解决；直到前几年，经科研人员细心研究发现，褐马鸡在野生状态下，其重要的栖息地是沙棘林，正是由于长期吃食沙棘叶和果实，才使它有如此美丽的羽毛，饲养员于是给褐马鸡喂沙棘果渣和叶，几个月后，这种丛林中的珍禽重新变得漂亮起来。

传说中的沙棘，顽强生存在贫瘠的黄土高冈，积聚起人迹罕至的荒凉山脉的地气，在这被世界遗弃的幽密谷地，只有淳朴的山民才知道它拥有怎样强悍的洪荒之力，才知道用怎样的热爱方能有幸获得它的神力之眷顾。它清凉、酸爽、鲜美，它生长过千万年的光阴，在永恒的时间之河里，岿然地等待一双拨开荆棘、攀上山梁的手；一双穿过秋风、越过苦难，欣喜地望着它的眼眸。它愿意低下头，把满捧灿烂的果实奉上，这是一个关于光明的隐喻。

我把沙棘汁倒在粗瓷大碗中，慢慢啜饮，入口冰凉，留在喉头的是一阵阵的浓烈的酸；但是这种酸在喝过一会儿后，能从舌尖上感觉到某种意味深长的清冷的甜。这种原始的生猛的酸甜，与酿造它的山林和朋友，是现代科技以任何先进流程都无法复制的一种味道。

吕梁山里流浪的风沙哑着嗓门从沟底窜了上来，我掰了一小枝沙棘，嗅着它的香。翻过落辉山，风冷下来。远远望见峪口河边有灰白的芦苇，如零落的雪花；苇丛中一只黑鹳沉静地俯视流水。站在那个角度很容易掌握游鱼的动向，我看到它专注地看着水中的波纹。河对岸是临县的湍水头，我们要从这里渡过。太阳已经西沉，玫红和浅紫的云块上下浮沉，余晖抹在一座座低矮的小丘陵上。这里也有沙棘林，沙棘在夕阳中红艳如火，岔路口上有老农担着枣叫卖，枣筐边缘也斜插沙棘枝，沙棘簇成黄色的伞，那老农整了整头巾，沿河轻捷地走远。

路越来越逼近河边，天黑下去，水声渐大，路上迎面驶来一辆三轮车，突突突的声音在山水之间轰响。此刻世界沉寂，万物都黯淡了光彩，我像穿行在一轴淡水墨的画卷中；多么遥远的行走，我走在方山的边缘。我跌入无限的时间，河流上浮着水鸟的叫声，水上浮着的星光和天上的星光，呈两种不同的亮度和姿态，我从沙棘的缝隙中看过去，忽然望见对岸的临县亮起一盏孤灯。

赏析

《沙棘中的方山》状物抒怀。"状"的是千万株簇拥在一起，"漫山遍野""铺天盖地的橙黄"的沙棘，"抒"的是对生命的热爱之情。

作者笔下的沙棘有一种令人震撼的美，美在"浩瀚"，更美在"绚丽"。文中，作者两次用"燃烧"二字来表达自己的赞美："一簇簇一丛丛的橙色果粒就满山'烧'起来了""有晶莹的沙棘在枝头燃烧"，就连沙棘枝头的小鸟的羽毛，也是"一样灿烂的橘红与金黄"。"燃烧"的沙棘，"燃烧"的还有作者的感情，物我相融，落笔即情。而小李介绍沙棘成熟时"百鸟来朝"，"享用一年一度的盛大宴席"的壮观场景又将感情引向了纵深。充满张力的文字，让读者的心也"燃烧"起来。

但状物散文，不仅需"状"物的外貌，还需"状"物的内蕴。作者对沙棘内蕴的状写选择了沙棘与别的生命的关系来写：沙棘与成吉思汗的马、与褐马鸡、与小李、与我、与山民……揭示了沙棘养育万物的特点和它用"洪荒之力"生长的精神。

这样的沙棘，是自然的沙棘，更是作者心中的沙棘。一路写来，作者的赞美之情溢于言表。它的汁液曾"带着阳光的金黄连接着我的童年"，"它生长过千万年的光阴"。只为"等待一双拨开荆棘攀上山梁的手"，"一双穿过秋风"的眼眸，它便"把满捧灿烂的果实奉上"。至此，沙棘的象征意义凸现——无论生长多么艰辛，都会把生命中最美的一面展现给世界。作者热爱这样的生命。这就是作品的主旨。

结尾处，作者离开方山，沙棘一路随行，它在小丘陵上"红艳如火"，在老农的枣筐边"簇成黄色的伞"，它的美艳让农人的生活也有了色彩。这样的描写强化了主旨。

"天黑下去"的时候，作者即将回到"红尘"，"世界沉寂""万物黯淡"，水鸟、星光、孤灯又反衬了这种"沉寂"与"黯淡"。这一段看似多余，其实是在与前文"燃烧"的沙棘形成对比，强化沙棘的绚烂无边，升华主旨。

状物抒怀，层层递进，读来感动满满，感动于张玉的生花妙笔，感动于张玉于自然万物的心灵默契。

（杨艳峰）

枣如秋雨

　　枣树生长在临县的山梁上,它漫无边际,一大片一大片地生长,叶子的背面有时候闪一点银光,在吕梁山炽白耀眼的阳光下,仿佛一片青白相间的海洋。

　　五年前,我到碛口,在西湾摘枣吃;枣是黄河滩枣,大而甜,像一盏盏红的小灯笼悬在碛声中,吃起来仿佛有湫水中流过的香;我为了摘梢头那颗最红的,把手臂上划出了好几道细碎的伤痕。今年我又来吃枣,是走亲戚,摘枣把人家的树枝都折断了。

　　深秋的风吹过枣树,空气愈发洁净,一种寒香绕过虬曲冷硬的枝条,一点点浸润着迢遥盛夏的回忆,氤氲得枚枚悬枣如玛瑙似珊瑚,似不能遗忘的红豆挂在枝头,就把别离的意绪暗换成华美的丰收了——那一抹浓妆于北方山冈、村庄、石窟的果实的芬芳,在风中传得远了,会把秋天染成暖的深红。

　　举手摘下一枚红枣,搁进口里,远方的过客就品味到了吕梁山的甜。有的枣很小,比如金丝小枣,只有小指头大,口感清脆,甜中泛一点酸;有的极大,比如梨枣,像乒乓球那么大,皮肉都是柔韧的,甜味也是淡淡的。我最喜欢一种圆枣,不知道叫什么名字,它不像别的枣是长圆形的,而是比较正圆的球状;皮也不大光滑,有绿色花纹,外皮极脆,一口咬下去,会发出轻微的爆裂声,真切得仿佛能听到汁水四溅在舌尖;它的皮子有点酸,果肉却甜到极处,层次分明,是一种有个性的枣。吃了那么多的枣,味蕾都变成了甜的。那些或清脆或绵软，或酸或甜的枣的味道在口中流连不去，它们有日子的质朴清香。

临县种植枣树已逾数千年，据说早在西周，湫水之滨便红枣成林；到唐宋，枣树成为临县人的"铁杆庄稼"；进入二十世纪九十年代后，红枣种植已是这里的支柱产业了。我不知这枣的历史是否真能上溯到那样古老的时代，但确实能看出许多枣树都有百岁高龄，它们的树干铁画银钩，树皮皴裂，有一种岁月积淀的、执拗如生铁的刚毅。朋友说这样的枣木可以打造家具，质地精良，价格不菲。我从不知枣木还能做家具，因为这种树枝干扭曲，生长又很慢，可以说很难成材；我印象中只见过枣木小擀杖和小马扎，枣木做的家具不曾听闻过。朋友于是带我去看他家的书柜，那是一件华美的器物，有红木的气韵，纹理细腻，晶莹剔透，手指摸在上面如触凝脂，莹润不亚于黄花梨。

枣是一种诚朴的植物，它能在如此贫瘠的黄土上扎根，在如此生硬的风沙中站立，高扬着苍翠的头颅。我吃着这样倔强的果实，它给我的感觉是一种与这片土地关联的命运；它比吕梁山更高，比湫水河更长，它隐含着日常生活的烟火气息，它曾经是垦荒者或流浪者维系生命的食粮。吕梁英雄们无疑也是吃过这枣的，他们在这山峦中随风消逝的青春和热血，曾将这鲜枣染红。我想马烽笔下的青纱帐，包不包括这密密枣林呢？我觉得眼前这片枣园足以埋伏一个军。

山梁好多啊，层层叠叠的千山万壑中，千万棵枣树在层层叠叠地生长；枣林背后，是同样层层叠叠的窑洞；它们因地制宜，随形就势，一点点，一线线，一片片，构建起一座雄浑的城池。夕阳西下，大风过耳，无际的寒香远走后，落日余晖在村落上方盘桓不去，我感觉到此行的苍凉。我肯定：写出"千嶂里，长烟落日孤城闭"那位诗人说的就是这样的山峦和城池，这是一种横空出世的孤独，像枣树枝头蹲踞在落日中的那只乌鹊——它缓慢地伸了一个懒腰,张开翅膀缓慢滑翔,路边的黄土上它的影子渐渐远去。

长风又起,有枣如秋雨滴答坠地。

赏析

《枣如秋雨》更像一篇电视散文。文章的镜头感很强,几个镜头加"画外音",吕梁山临县"诚朴""倔强"的红枣与这方土地层层叠叠的千山万壑便呈现在了读者面前。

文章的开篇推出一个全景镜头:临县,绵延的山梁上是"漫无边际"的枣树,阳光"炽白耀眼",风中枣叶翻飞……让读者对临县枣树有了一个总体认识。

随后,镜头切换到五年前的深秋:碛口西湾,碛声中,"我"在挂满"一盏盏红的小灯笼"似的红枣树下摘枣吃……为后面的内容做了铺垫。

之后,镜头再次切换:今年的深秋,还是碛口西湾。这一部分是文章的主体,作者交替使用了"中景、远景、特写"镜头:比如温柔的风吹过漫山枣林的情景是中景;山冈、村庄、石窑,还有秋天都笼罩在红枣的"暖的深红"中是远景;小小的金丝枣、乒乓球大小的梨枣、纯正的球形的圆枣……我在树下沉醉在品尝甜美的红枣之中;看朋友家华美的枣木书柜……像一个个交替推出的特写镜头。作者用这种"蒙太奇"的手法全方位地再现了"临县有枣"的壮观场景。文章中穿插着的临县种植枣树的历史以及枣树枝干特点的介绍就像是给这些镜头配的"画外音",补充、完善、引申了镜头内容。让读者既了解红枣,又了解红枣的历史与文化。

接下来又是一个特写镜头加"画外音":镜头:贫瘠的黄土地,

生硬的风沙，一棵棵枣树"高扬着苍翠的头颅"。"画外音"：枣与这片土地的命运相连。"它曾经是垦荒者或流浪者维系生命的食粮"，它也是吕梁英雄们的食粮，他们的青春和热血"曾将这鲜枣染红"。这是文章的主旨。一方水土一方人，吕梁人诚朴、倔强的品格也沉淀在了红枣身上。

文章的结尾处是一个渐次推移的长镜头："层层叠叠的千山万壑中，千万棵枣树在层层叠叠地生长"；枣林背后，是同样层层叠叠的窑洞"。这儿的叠词运用也极好。镜头逐渐拉近：大风呼啸，"落日余晖在村落上方盘桓不去"；枣树枝头的乌鸦"缓慢地"伸懒腰，"缓慢"滑翔；路边黄土上乌鸦的影子"渐渐远去"。最后，镜头定格：呼啸的风中，"枣如秋雨滴答坠地"，诠释了题目"枣如秋雨"的含义，如秋雨落下时漫山遍野、不可阻挡，且落地有声……

电视散文是用屏幕声画形象散点式反映创作者的所见、所闻、所感、所忆的艺术形式，张玉用文字就做到了。

（杨艳峰）

壶口情歌

一

二十世纪九十年代，我疯狂迷恋流行歌曲的时候，曾经听过上千首歌，当然其中的好歌和好歌手并没有那么多，其中有一首《黄河古谣》，我很喜欢。原唱者谢津是我喜欢的歌手——谢津是天生的明星料子，只可惜芳年早逝，她的几首代表作均成绝响；很遗憾，现在难得一见那样有爆发力和现场感的女歌手了。但我还是会听《黄河古谣》，并且听的时候必要看MV——我认为谢津不仅需要听众，而且需要观众，她的歌唱或曰表演，带给人的视觉冲击并不亚于听觉震撼。也正因为这个，我认识了壶口。画面中奔腾咆哮卷起惊涛骇浪的大水是永远的背景，镜头前红衣的女孩如精灵一样跳跃，她身后是几十个猛敲腰鼓的孩童，那姿势和声音都极其摇滚、极其暴力、极其黄河、极其壶口。

后来，我看到《黄河绝恋》，壶口仍然是背景。这部电影，客观来说硬伤很多，像大多数抗战题材的影视作品一样，套路太明显，散发着浓郁的主旋律气息；但我仍然认为它是成功的、直击人心的，是当代最杰出的抗日题材影片之一。这也许是因为我一贯的个人英雄主义情结，也许是因为黄河的力量势不可当。宁静背后的壶口奔雷喷雪，轰鸣之中交响着二炮穿云裂石的信天游，这荡气回肠的场景令我终生难忘。其实我们大多数人和二炮一样，没什么高大上的理想，不知大义，畏惧死亡，苟且的人生可以用好死不如赖活来解释；但是二炮最后的血性震撼了我，让我看到，人心底最深处有一种最简单最原始的本能，会迸发出惊人的力量和耀眼的光芒。他颤抖着烧着了草房报警，被鬼子活埋时一直拼命吼着信天游，依然是黄土高原上响彻了千百年的哥哥妹妹。他当然不是视死如归的英雄，但他是中国民众的本相，是黄河之子民，是壶口的化身。我相信，不是英雄而是无数二炮构成了我们民族的主体，也正是小人物对生的本能热爱让我们的民族一代代顽强地延续下来，就像壶口瀑布一样，日夜奔流。

所以，我一直想在壶口静坐片刻，看一看那个永恒不变的历史背景。

二

我终于来到壶口。

"源出昆仑衍大流，玉关九转一壶收"。

"依维柯"从黄帝陵一路盘旋进入壶口景区，黄河在我的右手下一路咆哮。这一带属于吕梁山脉，两岸层峦夹峙，百米河谷迅速聚拢，将水面扎成一束，黄河在险窄的峡谷中呼啸而行，以雷霆万钧之势跃下，散成一大片一大片铺天盖地的金色水雾，巨大的壶口内黄汤鼎沸。

游人很多，但散在巨石间不见拥挤，仿佛零散的蝼蚁爬行在壶口下；在这些蜿蜒的"蚁队"前是轰雷掣电的黄河之水，游客需花费很多力气，深一脚浅一脚地攀过一块块大石，才能接近这大瀑布——黄河之水天上来。

我很幸运，连日大雨之下黄河暴涨，水位升至停车场，壶口尽复旧观，尽管这只是暂时的假象。我甚至看到了因黄河枯水已多年不见的瀑布群——壶口周边数百米的崖壁上浊流飞溅，泥沙俱下，犹如天崩地裂，汹涌的河水挟着泥沙滚滚飞泻，十余个大大小小的瀑布金珠迸溅，涛声如雷贯耳。

瀑布周围都是千万年来被河水磨光磨圆的如牛巨石，我终于如愿以偿坐在壶口，面向黄河奔来的方向，面对冲天的巨浪，我想哭、我想笑，我也想大声叫喊、纵情歌唱，还想在这巨石上奔跑、跳跃、舞蹈……我想起了我的故乡、我的中国、我的人生、我的民族，我也想起浪淘沙尽，想起我个人的存在价值和生命意义……

"从小就盼鲤鱼跳龙门啊，跳来跳去跳出个甚……"谢津的歌声从二十世纪飘荡而来。我听到的壶口的嘶吼中有她的声音，我看着这把"壶"，比任何时候都快地倾泻，如此暴烈。我想她也许应该将骨灰撒在这里，永远与这天河一起歌唱。瀑布，在我心里，就是暴烈、桀骜、极端自我、极致浪漫的象征，是地球迸出的汗水，它有大的气象和姿态。而黄河，千百年来如同高原上不能凝固的鲜血，闪烁着狂野的金黄的光，集中了中华文明在与自然和历史求索的生与死、爱与恨，遗存了风云、雷电、烈日、黄土与梦想的光芒。

难道不是只有在这里，人才能实现飞流直下的愿望？难道除了这里，还有哪儿能让人顿开歌喉？

我多么渴望着像黄河一样冲出壶口，那些甘愿在壶底潜伏的沉渣永远不可能理解我的黄河。

……其实我一直都在壶口中翻滚——这三十年来铜浇铁铸的壶口。

赏 析

《壶口情歌》是张玉献给黄河母亲的歌，"情歌"二字突出了这篇文章浓郁的抒情色彩。

文章按照抒情散文典型的"情索式"思路构思。即情的缘起——

情的积蓄——情的爆发——情的归结，层层递进。

　　情的缘起——初识壶口，初识黄河。二十世纪九十年代，作者从歌手谢津的MV《黄河古谣》中认识了壶口，认识了黄河——一幅"奔腾咆哮，卷起千山骇浪的大水"的画面，足够让作者震撼。

　　情的积蓄——渴望走进壶口，见到黄河。电影《黄河绝恋》让作者对黄河有了进一步的认识："暴烈、桀骜、极端自我、极致浪漫，""集中了中华文明在自然和历史求索的生与死、爱与恨，遗存了风云、雷电、烈日、黄土与梦想的光芒。"这样的认识让作者对见到黄河无限渴望。

　　情的爆发——亲临壶口，亲近黄河。作者在"壶口尽复旧观"的时节目击壶口。"雷霆万钧""铺天盖地""黄汤鼎沸""天崩地裂""轰雷掣电""金珠迸溅""如雷贯耳"……极具震撼力的词语描绘了极具震撼力的黄河的雄姿。在黄河面前，作者的情感迸发了："我想哭、我想笑""我也想大声叫喊、纵情歌唱""还想在这巨石上奔跑、跳跃、舞蹈"……

　　情的归结——歌咏黄河，思考人生。翻滚的黄河引发了作者翻滚的思绪：黄河是故乡，黄河是中国，黄河是民族，波澜壮阔，势不可挡。遇"壶口"，力量更强大，"呼啸而行"，冲出壶口。由此联想到如"蝼蚁"般的人群，大都是"在壶底潜伏的沉渣"，"我"也仅仅是在"壶口"中"翻滚"。在此，作者激励自己也激励沉醉于庸常生活中的读者当"像黄河一样冲出壶口"，无愧于我们生存的世界。这就是文章的主旨，卒章显志。

　　《壶口情歌》源乎情，发乎情，终乎情，读来酣畅淋漓。作者热爱黄河，并把这份热爱倾注到她的一词一语中。真情自心底经由笔端流出，也流进了每一个有幸读到这篇文章的人的心底。

（杨艳峰）

羊汤依旧

十年前的一个冬日，我坐在从山西开往呼和浩特的一辆大巴里。夜色已深，朔风渐紧，我早已又困又饿，这路和行驶在路上的时间却似乎永无尽头。我把脸贴着车窗向外看，灯火倏忽而逝，在我饥寒交迫的眼睛里书就红黄的笔痕。

大约八点多，汽车停在路边，我们下车打尖。

那是右玉郊外一个乡野小店，铁皮的门窗破旧逼仄、锈迹斑斑，简易的塑料板凳上是颜色可疑的污渍；门口没有招牌，只有一个大火炉上架一口大铁锅，冒出腾腾白气，远远地便闻到扑鼻的浓香——那是满满一锅羊肉，挤挤挨挨在锅中翻滚，让我激动得几欲落泪。店面很小，灯光很暗，几个司机模样的人坐在一角，埋头大啃羊骨头，笑声粗豪。我们坐下开吃，瞬间将一大盆羊骨头连肉带汤风卷残云般吃完。那是极简易的烹调，白水煮熟的羊肉，什么调料也没有，骨头也切得粗放，一块有巴掌大；碟子里有盐和辣子，就那么蘸着吃。然而我以为那真是人间至味，是我有生以来吃过的最鲜美的羊肉。

今天，当我再次来到右玉，仍然在怀念那个北风呼啸的冬日，那座无尽暗夜中的熊熊火炉，以及锅中大块的羊肉。那如云的白气氤氲在记忆深处，似乎纤毫毕现，又似乎面目模糊，它影绰出没，引我乘坐穿越时空的大巴，在十年的时光中沉沦下去。

右玉羊肉能风靡塞北，绝非浪得虚名，大大小小的羊汤馆遍布街头巷尾，在我看来它们全都是相同的：狭小而热闹，有一个粗壮的中年男子在门口招徕顾客，一个眉目爽利的老板娘在里面算账；小店蛰伏在街巷深处，没有夺人眼球的店名，招牌陈旧，甚至连炖肉的铁锅似乎都是同一口，热腾腾地熬煮着岁月和人生，过往的记忆在这些锅中上下沉浮。江山依旧，羊汤依旧；往事成空，杯盏成空；在我这虚妄的生命中，又有几碗羊肉可以重来，有几个夜晚可以等待呢？

我问过当地的朋友，他们说右玉有两家羊肉馆子最为正宗，一家叫庞四，一家叫日日，后来我去了庞家，却又有人告诉我庞四早已把店铺盘出去了，现在那个羊肉馆只是挂着他的名字而已。但是不管如何，我还是吃到了美味的羊肉宴。

先是一盆羊汤，然后是莜面饺子和烤土豆。佐料是红艳的辣椒，加入细盐，有味精和花椒面。汤色乳白，入口便觉有一种异香在舌尖上滚，生动而活泼，大约是调料精细的缘故，它没有我记忆中那种粗野的、隐秘的膻香，而是一种层次分明、水陆杂陈的鲜香。我很难判定二者之间的高下，环肥燕瘦、姹紫嫣红，我怎能分得清这些舌尖上的尤物？也许，任何美食，只要它能代表一段经历，就自会在记忆中永远飘香。

右玉的风真硬啊！我想或许愈是寒冷的地带，人们对肉类的需求愈大，手抓羊肉，大快朵颐，不仅是当地居民须臾不离的乐趣，也令远方的"吃货"心驰神往：下一个冬天我还要来，为了北风吹雪，为了围炉煮酒，为了那一口香气入云的黑铁大锅，以及锅外的寒冷边城。

赏　析

羊肉，在晋西北，在塞外，有"血肉有情之品"之称，有亲善祥和的象征意义。"羊汤依旧"，题目读来就让人觉得温暖，细细读完文章更觉温馨。套用一个流行词——这是一篇"有温度"的散文。有真情,有真境,有真我。

　　作者写了两个片段:一个是十年前的冬日,在右玉郊外的乡野小店"偶遇"羊肉——用右玉最原生态的烹调法做的羊肉:"白水煮熟的羊肉""骨头也切得粗放",蘸料也只有"盐和辣子"。但却是作者"有生以来吃过的最鲜美的羊肉"。一个是十年后到右玉"寻找"当年的羊肉。街头巷尾的羊汤馆,与当年郊外的羊汤馆很相似。在最正宗的庞家店铺吃羊肉,虽已是有了"调料精细"的"鲜香"的羊肉。但作者说很难判定十年前的羊肉与今天的羊肉的高下,"环肥燕瘦,姹紫嫣红",它们是势均力敌的美食。

　　文章的选材很小,十年里两次到右玉,两次吃羊肉,很平凡很家常的小事,写来却真实感人,她把真我、真情、真境都融入看似不动声色的叙述描写中。

　　但这篇文章的价值却不止于此,它运用了"以小见大"的手法,大处着眼,小处落笔,抓住一事一物,娓娓道来,是想告诉我们一个道理:羊汤、羊肉是极具地方色彩的美食,人们对它们须臾不离的乐趣,是一种延续了几千年的地域文化。折射的是一种简单、随性、实诚,让人倍感温馨的人性。十年里,作者忘不了它,十年后找到它,细细品尝之后,依然对它心驰神往:"下一个冬天我还要来,为了北风吹雪,为了围炉煮酒,为了那一口香气入云的黑铁大锅,以及锅外的寒冷边城。"结尾处的这一段话,就是要告诉我们,作者眷恋的不是羊肉,是右玉,是"老家山西"独有的塞外文化,这才是作者写作目的所在。

　　羊汤依旧,文化依旧,对文化的情怀依旧。

(杨艳峰)

一生漂流

在潞城的万泉河，我住在一孔窑洞里，没有卫生间，瞬间回到了二十世纪：刷牙到院子里，漱口水吐在草丛中；洗脸需拿一个搪瓷脸盆打冷水，再拿一个热水瓶到大铁锅中舀热水，调好水温后放在树下的石桌上弯腰清洗，水盆中映出李子树的枝叶，倒也别有意趣；只是晚上不方便，像我这种睡眠不好的人，需半夜起来到院子里蹲厕所，风凉露冷，不胜清寒。

傍晚在山谷的腹地野炊，有篝火晚会。大家踏歌观舞的时候，一个年轻女子在一面石壁前长久伫立，她扬起的发丝在暮霭中凌乱了晚风，我不知道她心中所想，只能看到浊漳河在我们眼前滔滔而过。

山崖能够储存一条河流的记忆吗？它能理解岁月和时代的歌声吗？我们一行数十人在篝火边拿捏造型的时候，我注目于艳红的火光，它熊熊燃烧是为什么？它对于暗夜和寒冷的欲望又是什么呢？白琳拿了几十根肉串和烤面筋，摇着蒲扇卖力地翻动食材，她带有异域风情的五官生动地飞扬着，笑得眉目灼灼。与篝火保持着一定距离的，是一些口音浓重的当地村民，他们笑着看我们，但是并不上前搭讪，更遑论与我们同乐。世界很大，但是村庄很小，小到不足以容纳这些异客来一场狂欢或艳遇。我手上残留着梅子的余香，我要寻找的人在黑暗深处，辛安泉的山脚下有梅树，我们住宿的那家老板娘说："明天我带你们去摘。"

万泉河天生就适宜漂流，雪白碧绿的浪花和涟漪交映着水草，喧嚣于河道，芦苇丛中有野鸭露出绿色头颈，悄悄张望。水中的浅滩上卧着成群的卵石，还有一些更大的浑圆的石头，像一堆雨后的口蘑。我不知道这些石头的故乡在哪里，它们从哪里随着河水漂流到此；我也不知道它们从高山来到河谷是乐不思蜀还是归心似箭，只能猜测它们身上的水痕或许是飞溅的漳水，或许是石头的眼泪。

　　每到一个隘口，浪涛愈加汹涌；橡皮艇飞过水流时，我看到此生的漂流——如同险滩，虽然轻舟过，奈何万重山。激流过后，有一段静水区，完全靠划桨才能前行，但是此时我们几乎不忍划破平静的水面。我半伏在舷边，看到绿的藤蔓红的酸果从近岸的泥涂边一直攀爬到崖顶，峡谷不断地变化着角度，郁郁青青的野草从峰巅倾泻到水里，随碧水东去。这一天路过潞城的河水不知会不会记得我的诗：

　　　　三千年的石壁面对一条河
　　　　孤鹜飞了万里
　　　　它伸长颈子，发出碧绿的啼鸣
　　　　落霞说那是唐朝的声音
　　　　暗香浮动流水
　　　　成群的石头像雪白的羊马
　　　　我在舷边
　　　　刻舟求剑

赏析

《一生漂流》很能体现散文"形散神聚"的特点。

"形散"即文章的三部分内容：第一部分写住宿条件简陋，第二部分写篝火晚会，第三部分写万泉河漂流。除了都是在潞城万泉河的经历外，似乎就没有什么联系了。但这只是表层。

"神聚"是指用一个"中心"，把三部分内容紧密联系起来，使文章形成一个有机的整体。这篇文章的"神"就是题目"一生漂流"。根据题目可以明白，作者是在借自己在万泉河上的"漂流"来写"人生漂流"。"漂流"二字，一语双关。

从文章的整体来看，到万泉河旅行是从自己生存的地方到别人生存的地方的一次"漂流"。第一部分写"住"的条件，"瞬间回到了二十世纪"是在暗示，人的生存境遇有时是不确定的，常常从今天"漂流"回过去。第二部分借篝火晚会告诉我们，人可以从一个地方"漂流"到另一个地方，但有些人身体可以"漂流"出来，心却"漂流"不出来，比如那个年轻的长发女子。第三部分写在万泉河上享受实实在在漂流的浪漫。漂流中，作者悟出：万事万物都在"漂流"，就连浅滩上的石头也是如此，还有水中的"孤鹜"，也许是从唐朝漂流而来。而我们，此生就是一场漂流。"漂流"到的任何一个地方都有风景，就像眼前万泉河上"绿的藤蔓""红的酸果""青青的野草""峡谷不断地变化着角度"一样。在万泉河上漂流，我们欣赏沿途美景，理所当然。在生命的长河上"漂流"，也要学会"理所当然"欣赏途中风景。就像"刻舟求剑"，也许求不来"剑"，但"刻舟"可以让人有念想有希望……不能像篝火晚会上那个长发女子"漂流"很远了，心却停留在遥远的过往中。

一生漂流，从年轻"漂流"到年老，从低位"漂流"到高位或者相反……漂流到何处，都要充满希望的去享受这一处的风景，这是最好的人生态度。这就是这篇文章的主旨。

张玉的每一篇散文都有自己的独到之处，看似信手拈来、随意记录到笔下的人与事，其背后都有深层次的关联，有"形"有"神"，透过"形"看到"神"才能读懂文章。

（杨艳峰）

表里山河经行处

第四辑 和光同尘

我吃到板蓝根是在平鲁
它是从《本草纲目》里走出来
云游天下的植物
它变幻多端，化身千万
它从乌龙洞走到五台山
在尼枸树下坐莲花台
我生命中不曾错过的佛法
一碟板蓝根中的斑斓根
青花瓷中的一株莲
是文殊的护摩之焰

秦时明月汉时关

　　山西人大约没有不会唱《走西口》的，我最初知道走西口，来源于两个方面：一是晋商巨擘们的汇通天下，一是晋北贫民们血泪染就的迁移之路。其实这两者可以合并为同一件事，即山西人的口外谋生史。那么传说中的西口——这张吞吐了几代人命运的巨口到底在哪里呢？

　　最初的西口，春秋时称"参合口"，隋唐称"白狼关"。几经岁月更迭，改称"杀虎口"。当时，它与河北的张家口齐名，是北方贸易的两大口岸；西口之名便来源于"东有张家口，西有杀虎口"之说。

　　出了右玉城，驱车不过半小时，就是杀虎口了。路上的车并不多，也没有看到任何路标；直到车子转过山坡，一座城门赫然出现在眼前，三个金色的大字爪牙森然：杀虎口。

　　历史究竟是什么东西呢？它需要我通过这座真实的城门进入这座已不存在的城吗？杀虎口，秦时明月汉时关，足以把我的一生映衬得像这个冬天的白昼一样短；但这是千百个冬天之中的又一个冬天，它的一瞥有几十个世纪那么远。

　　空空荡荡的关口前，是难得的冬日暖阳，远处几座烽火台连绵着一条断断续续的古长城，拱形城门下一条宽阔的公路直通关外，连通了山西与内蒙古，南来北往的货车在这雄关漫道呼啸而过。这情景多少有点与我的想象不符，我问了向导，果然，这门楼是新建的。旧城门在那边，不过是一个仅有一米多高、一米多宽的小城门，仅能容一人一骑通过，真正是一夫当关，万夫莫开。走西口的人们就是从那里走出去的。

雍正六年（1728），清王朝与沙俄签订《恰克图条约》，开放边贸；晋商遂出杀虎口经包头到恰克图，他们将口内的丝绸、茶叶运往口外，带回药材和皮毛。当时的俄国贵族皆以喝砖茶为风尚，而我们也崇拜漠北绝域的珍裘华衣，宝二爷的"俄罗斯雀金呢"不就是这样舶来的吗？这条大漠荒烟中的百年商路凝聚着几代人背井离乡的血泪；作为对外贸易和军事防御"特区"，杀虎口"汉夷贸易，蚁聚如市，日不下五六百骑"，类似于今天深圳、香港之间的中英街。也许最初走过杀虎口的"乔致庸们"并没有想到日后会有如此辉煌的成就，他们当年只是为了追求富足。我不知道，这古老的关隘离我更近，还是离当年晋商的驼队、雍正的御笔，或叶卡捷琳娜女皇的晚宴更近。

我攀上那段裸露的土长城，看到山坳中废弃的古堡，村人说这里是杀虎堡，走出一片菜地是嘉靖年间修建的平集堡，新旧堡之间的城墙和空地叫作"中关"。杀虎堡早已破败，只余断垣残壁；平集堡也到处都是畸零的秦砖汉瓦，被农人物尽其用——城砖盖了房，石雕垒了墙……村里见不到几个人，空空如也的院子里的荒草没膝，没有门窗，厚厚的尘埃在阳光下闪着土黄。我无法想象当年这里曾经的繁华，无法想象当年的烽火硝烟，甚至无法想象这茶马古道途中的艰辛……什么都没有了，历史已经过去，现在的杀虎口只是一处遗迹而已。

塞外的夕阳已将落下，我沿着残留的古道往回走，一个人走在这样的路上会感到无边的孤独，这种孤独渺若尘埃，被吹入杀虎口巨大的阴影之中。我是一个迟到者，数百年后我走过西口，那些风云却已经走远。在它隐约浮现的斑驳的城门上，我看到这样的对联："西口长歌征驼伴月,大漠高天汗马追云。"城墙上有炮火的痕迹,我认定其中最深的洞孔来自蒙古的金帐。这是时光的细部,它使无边重叠的岁月以及岁月下的铁血战火得以现身。

夜渐深,窗外月光如雪,我披衣出门。北风飒飒,无数白天不能看到的人与事在月光的河流中佝偬而来;我看到天似穹庐,笼盖四野;我看到一入杀虎口,人间路难走;我看到黄沙百战穿金甲,不破楼兰终不还;我看到苏武、张骞、于谦、林丹汗;我看到一代代将士在朔风中策马狂奔,一群群难民扶老携幼沿路乞讨……在这月光之下,是真实的,永远不变的杀虎口。

赏 析

本文写的是一次走"西口"(即"杀虎口")经历中的所见、所思、所感。曾经"汉夷贸易,蚁聚如市"的杀虎口,如今只剩下断垣残壁,作者不禁抚今思古,流露出对"杀虎口"悲壮历史的无限感慨。题目"秦时明月汉时关"采用"互文见义"的修辞;"关"指"杀虎口","秦汉"虚指,强调杀虎口历史之久,"明月"以一幅冷月照关的苍凉景象烘托了杀虎口历史的悲壮。

全文以作者行踪为顺序,写了杀虎口的荒凉破败景象,进而联想到杀虎口曾经的繁华、远去的烽火硝烟、逃荒者途中的艰辛,最后定格在"月光的河流中佝偬而来"的"人与事",再次呈现一代代人在这条求生路上奋斗的血泪和壮举,那一幕幕悲壮的历史画面令人唏嘘感慨。文中对杀虎口的描写并不多,而对它的过往历史和作者的独特感受却如江河流泻,大大丰富了文章的内容。

本文语言意蕴深刻,值得玩味。如:"杀虎口,秦时明月汉时关,足以把我的一生映衬得像这个冬天的白昼一样短;但这是千百个冬天之中的又一个冬天，它的一瞥有几十个世纪那么远。"这句话写出了作者深感在悠久的历史面前，人的生命何其短暂。"一个人走在这样的路上会感到无边的孤独，这种孤独渺若尘埃，被吹入杀虎口巨大的阴影之中。"这句话是说个人的一己命运和感慨在杀虎口的风云面前多么渺小，像尘埃一样孤独。"在这月光之下，是真实的，永远不变的杀虎口。"这句话的意思是：在苍凉的月光之下，杀虎口一幅幅悲壮的历史画面才是它的真正意义，它凝聚着求生者的血泪和毅力，它是一部中华民族悲壮的奋斗史。这些丰富的联想和个性的体会，既拓宽了时空，又发人深思。

（张瑞平）

张瑞平，女，1968年生，山西省灵石县人，笔名水云亭，山西省作家协会会员，山西省散文学会会员，山西省女作家协会会员，晋中中华传统文化促进会理事，灵石县作家协会常务理事，《灵石文史》编辑部副主任，灵石段纯中学高级教师。作品散见于多种报刊，曾获多种奖项。

三崚山下少人行

从三崚山脚下爬上来，双腿又酸又涨。大家一头扎进餐厅里，旋即有红衣少女迎来，微笑着沏茶。这山庄十分阔大，中间雕梁画栋，花木扶疏，女墙掩映，漏窗离合，将园外山光树影尽收眼底，我端着茶水走到窗前，看着远处莲花塔上的斑驳青影，想着上古的传奇。

有文献记载："尧乃使羿射九乌于三崚之山，杀九婴于凶水之上，缴大风于青邱之泽。"这么说，羿射九日之地就是这里吗？自唐代起，三崚山开始修建庙宇；宋时"额封羿神，为灵贶王"，赐建三崚大庙；之后，历代帝王都有重建和扩建；渐渐成为如今这宏大的宗教庙堂。

天边有落日斜照，血色中的夕阳一半还留在地平线上，它举棋不定，缓缓下坠，不愿匆匆就此辞别。这是羿箭下唯一幸存的太阳，它似乎暗藏千言万语，扑朔迷离的风云，凄艳动人的故事，一并都在它血色的视线里。

这里曾经赤地千里，十只金乌在天宇上尖叫，它们的羽翅间降下酷焰，炽烈的热浪在大地上蒸腾，黑的焦炭和金的火焰交织成辉煌的图画，那是一种狞恶的美。这时那个男人来了，亿万生灵的濒死挣扎仿佛只为了成就他的功业，他弯弓搭箭——他透过九个太阳的眼睛看到自己的脸，在他的开始是谁的结束？

太阳落下，月亮升起，英雄离去，美人登场——这是一位蛾眉广袖的佳人，我在幻觉中眺望，我似乎听到来自千万年前她抱憾终身的长叹："嫦娥应悔偷灵药，碧海青天夜夜心。"这句诗从盛唐的穹庐飘过明清的荒野，一直流传到今天。漫漫长夜中那些剪不断的深情在广寒宫里若隐若现，嫦娥看着自己脚下的红尘瞬息万变，她得到了永不老去的美貌，也失去了一生相伴的爱人；她或许会忘了羿的容颜，但不知记不记得自己曾经的心愿。其实我想她还是愿意留下来吧，若是三嵝山像现在一样安静。

山神庙前人迹寥落，一个老僧坐在破旧的蒲团上，就着昏昧的光线转动念珠，炉中升起的香烟与他的目光交织、缠绕，汇合成一种青色的光线，以神像的角度俯瞰整个大殿以及殿外的红尘。也许这些光原本就是神的视线，就是他们普度众生的题中之义，就是人间万姓仰视才能见的真相。院子里的空地上有盛开的白色大花，清香扑鼻，不知其名，花影深深。我忽然觉得前尘往事正在离自己远去，没有太阳、没有羿、没有嫦娥、没有他们的爱情，这样也好。

我在神像前也许了一个心愿，希望做一个嫦娥一样的女子，美丽、冷漠、自私，任是无情也动人。

走出神庙时，我遇到一对情侣，手持朱红的香烛，跪倒在蒲团上，虔诚地许愿，都知道三嵝山是伤心之地，仍愿意在此许下一生的盟约，痴男信女，莫不如此。

赏析

本文写游览三嵝山神庙，主要写了神庙的传说和作者的感悟。

全文于叙事写景中抒情议论，表情达意。作者在"嫦娥奔月"的故事中穿插感慨"她得到了永不老去的美貌，也失去了一生相伴的爱人；她或许会忘了羿的容颜，但不知记不记得自己曾经的心愿……她还是愿意留下来吧……"流露出对爱情相守的祈愿，对美好人间的热爱。目睹山神庙老僧俯瞰红尘的目光,作者顿悟"也许这些光原本就是神的视线,就是他们普度众生的题中之义";山神庙院中白色大花的花影和清香使作者"忽然觉得前尘往事正在离自己远去,没有太阳、没有羿、没有嫦娥、没有他们的爱情,这样也好",此时她顿觉"放下一切"的释然;走出山神庙遇到跪倒许愿的情侣时,作者又生出"痴男信女,莫不如此"的感慨。一次山神庙的游历,其实是对人生的一次反思、彻悟、慨叹。这些独特的感悟,给人以深刻启示。

本文语言凝练生动,仅"雕梁画栋,花木扶疏,女墙掩映,漏窗离合……斑驳青影"二十个字,就使园内外的"山光树影"跃然纸上,如在眼前,读来朗朗上口。王国维说:"一切景语皆情语也。"这句话赋予落日以人的思想感情,把静景写得极富动感:已下山一半的夕阳落得缓慢而持久,仿佛对人间有无限深情,依依不舍离去。而此情此景,不正应了下文中嫦娥奔月后再不得与爱人相聚的终身遗憾?不经意间,文章在这里已为后文蓄势,可见作者匠心之独到。

(张瑞平)

王莽岭中伤离别

正值霜降，地气渐寒，我到陵川王莽岭。这是闰九月初九，今年的第二个重阳节，深秋的西风横无际涯，穿过黎明与暗夜交峙的清晨，我看到月光被路边的树枝剪成丝丝缕缕，许多记忆如远方的星火一样明灭不定。这是沧海桑田的大雾，像世界在混沌中重生，我对王莽岭的憧憬从乳白开始，一星一点，更为巨大的深黑如水墨隐现。它是一卷山水画轴，黑白分明地晕染着岁月，勾勒出庞然的时间轮廓。

传说老子西行路经此地，写下了《道德经》："道可道，非常道；名可名，非常名。"道与名、名与教之间，是蒙昧的空白，老子的思维在此出现跳跃，他想要命名的还未出现，想要诉说的已经消逝，"故无名，天地之始；有名，万物之母"。作为一个不善于道和名的叙述者，我的书写如此失败，谁知道我在这场迷雾中摸索了多少流年。

我走过天柱关，这里有高低错落的五六十座山峰；它们危岩相迭、青莲秀出。雾霭已经消散，水声淙淙潜行于九月初九；佳节之际，西风夹着细雨于山色中大笔泼墨，洇开一大片一大片惆怅的水痕。我在这些怪石嶙峋的奇观内部行走。我的行走带起的尘埃扫过那些有名或无名的大石，它们曾经看到过无数有名或无名的人和事物；在这万世不易的石阵中，在我迷茫的视野里，生与死、爱与恨、过去和未来交换着彼此心照不宣的眼神。

林海在延伸，松涛呼啸，我在一处歇息，看到两块相偎依的巨石，这里有一个传说：有一名采药少年某日坠崖，被一只灵羊所救；

灵羊幻为少女，采集露水与灵芝为少年疗伤；历经九九八十一天，少年终于苏醒，二人两情相悦。不料他们的行迹被在此修炼的高僧宗臬发现，宗臬以人妖殊途为由令他们分手，少年与灵羊不从；宗臬遂以大法力将二者化为巨石。我抬头看着石峰，这对大石果然情状亲昵，它们势如拥抱，额头相抵，像极了一对恋人。不远处是宗臬面壁，也是一座石峰，相传宗臬修炼多年，每日吸纳天地精华，却始终不见功成圆满，终有一日，他顿悟自己曾拆散一段人妖情缘，于是面壁思过，终身忏悔。这块高僧化身的巨石低头弯腰，顿首于云海悬崖前，似在持诵，令我浮想联翩。这故事无疑是白蛇传说的北方版本，或者说泱泱民间此类故事大同小异，层出不穷。它隐喻了爱情的纯真美丽、阶层的不可逾越，以及人生的无奈和命运的专断。我想象这千古情事之伤怀之美，白素贞与花如玉、法海与宗臬、雷峰塔与情人石，它们一而二、二而一，在我的观望中寂寞成一个文化符号，孤独在民族的价值观上，这是多么悲凉的祭祀。

  我取了几次景，都无法把这几座石峰照得清晰，细雨中的光线太昏暗，照片总是呈现苍茫的铁灰色。也许是王莽岭不愿我摄走这段虚幻的传奇，爱情固然美丽，但是极易变迁；巨石万世不移，却是愚顽之物；悖论由此产生。我明白世间美好的人与事大多昙花一现，只有惆怅与伤痛，上承万仞之绝壁，下接千尺之流泉，永存于天地之间，将百年悲欢一幕幕上演。红尘辽阔，此地不远，我来过，看过，走过，在此伤离别。

赏 析

  本文融记叙、描写、抒情、议论等多种表达方式于一体，写了作者行于王莽岭的许多感受，主要写了由王莽岭一对巨石的传说而引发的"伤离别",即对"世间美好的人与事大多昙花一现"的感伤。

　　以景托情是本文的重要写法。文章开头写"霜降,地气渐寒""西风横无际涯""大雾";走过天柱关时,"西风夹着细雨于山色中大笔泼墨,洇开一大片一大片惆怅的水痕";文末取景照相时,"细雨中的光线太昏暗。"这些景物清冷淡远,创造出迷蒙冷寂的气氛,有力地烘托了作者沉郁伤感的情怀。

　　作者想象雄奇,大笔如椽。如:"这是沧海桑田的大雾,像世界在混沌中重生""它是一卷山水画轴,黑白分明地晕染着岁月,勾勒出庞然的时间轮廓""我的行走带起的尘埃扫过那些有名或无名的大石"等,这些句子大处落墨,视野开阔,有宏伟壮丽的美学效果。

　　诗化的语言增强了文章的艺术性。如"月光被路边的树枝剪成丝丝缕缕,许多记忆如远方的星火一样明灭不定。"一个"剪"字赋予月光以人的动态,既形象生动地写出月光透过树枝斑斑驳驳的景象,又充满诗情画意;后半句把记忆比喻成"明灭不定"的"远方的星火",生动地描写出记忆忽隐忽现不太清晰的情状。

(张瑞平)

无端更渡桑干水

傍晚的时候，我走过桑干河边。这里是河水的上游，水流缓慢，相传每年桑葚成熟的季节河水就要断流，桑干河便因此得名。

薄暮时分，阳光和水汽都柔和清凉，我踱到水边，山阴的风尘已消失在公路尽头，湿地公园满眼是水乡风光。空气里弥漫着芦苇的清香，河道里淡淡的水腥味，蒲草上棕红的毛蜡，晚霞中悄悄飞过的红蜻蜓和汀州上水鸟的鸣声，织成一曲交响乐。我看着清澈的河水从眼前缓缓流过，时光也恍如回到童年，回到故乡。

太阳照在桑干河上。

据说这个公园是当地的重点建设项目，它的落成对山阴的经济有很大的拉动效果。不过我觉得抛开经济效益不谈，单就自然景观来说，这里也足以引人入胜。两年多的时间里，这里陆续建成几个园区，尤以植物园和百鸟园最为景色宜人，昔日风沙漫天的荒草滩变成浩浩水泽；冬日不冻、夏日不涸、桑干不干，湿地奇观。昔日桑葚红时河水断流的历史已成过往，万顷碧波中沙鸥翔集，锦鳞游泳。

时光悠长，苇荡森森，万木沉静；水并不涌溢，亦不喧哗。没有什么多余的建筑和人工痕迹，仿佛这不是后天修建而是自然天成；也许这应该归功于设计者的匠心，也许这是山阴人的巧思。这里无疑是招财进宝之地，但是山阴人没有以短见去过度开发，没有人为地去制造仿古景点或游乐场，而是任其以原生态葳蕤生长，这公园遂成为一颗明珠，在桑干河畔熠熠生辉。

我看见岸边的竹排旁有成群的野鸭，绿头褐尾，麻灰的身子肥而憨，它们活泼而顽皮，戏水的神态有趣极了。这些鸭子或三五成群，或列队而行，麻麻点点，时聚时散，像书写在宣纸上的一篇题跋。再远一些的水面还有天鹅，雪白的几个"团"，我拿望远镜看，它们修长的颈子和嫩黄的喙在夕阳下纤毫毕现，有一只大的，在碧波上横卧，把头颈藏在身子一侧，似乎在梳理羽毛，又似乎在假寐片刻；一只小的在它身侧，活泼地划动右掌，隔了那么远，我似乎能听到它的笑声，如孩童清脆的银铃一样的笑——如果它会笑的话。它们时而潜入水下，时而随波浮游，间或被沙滩上的人们逗弄，于是扑腾腾飞起，余下一圈圈的涟漪。工作人员说，天鹅是去年才飞来的，以前没有。现在湿地多了，水域大了，水草丰美，许多以前从未见过的珍禽奇迹般地出现在桑干河中，除了天鹅，还有灰鹤和白鹭。我想大自然多么懂得投桃报李啊，环境好了，人类馈它以安宁，它便报以美景，酬以物产，于是"落霞与孤鹜齐飞，秋水共长天一色"。这高翔的天鹅正是桑干河的图腾，河水的奔流因之更为美丽。

桑干河上的一天即将在暮霭中结束，在河中游弋的水族，又将迎来静谧的长夜，我羡慕它们如此幸福，居住在这样一条美丽的河流里。

无端更渡桑干水，孤鹜声中看斜阳。

赏 析

本文描写了斜阳照射下的桑干河湿地公园宁静、美丽、情趣盎然的景象，表达了对大自然和美好生活的向往、热爱之情。

本文写景点面结合，很有层次。先总写湿地公园：芦苇的清香、河道里的水腥味、蒲草上的毛蜡、晚霞中的红蜻蜓、汀州上水鸟的鸣声、清澈的河水,这是一幅近似于"南方水乡"的景色;接着侧重描写了各种水鸟的活泼生动悠闲自在的情态,展现出一幅"落霞与孤鹜齐飞,秋水共长天一色"的美好图景。

  细致刻画水鸟是本文一大亮点。写近处的野鸭,色彩"绿头褐尾,麻灰的身子",形态"肥而憨",情状"活泼而顽皮";"像书写在宣纸上的一篇题跋"。写远处的天鹅,先从视觉角度用"雪白的几个'团'"渲染出一眼望去的色彩、形态;接着从细处勾勒"修长的颈子和嫩黄的喙",抓住一大一小两只天鹅"假寐"和"划动"分别描写其静态、动态;进而从听觉方面用通感的修辞"如孩童清脆的银铃一样的笑"来表现小天鹅的活泼有趣。总之,作者从多角度观察,调动多种感觉器官,把一幅幅桑干图描摹得多姿多彩,情趣盎然。

(张瑞平)

天涯思君不可忘

从永济沿黄河顺行二十余公里即到达风陵渡。此地处于黄河东转的拐角，它联结秦、晋、豫三省，自古以来就是黄河上最大的渡口，也是兵家必争之地。据说，魏国与秦国的古战场就在这里，东汉时的曹操讨伐韩遂、马超等著名战争，均发生在风陵渡。

  一水分南北，中原气自全。
  云山连晋壤，烟树入秦川。
  落日黄尘起，晴沙白鸟眠。
  挽输今正急，忙杀渡头船。

这个"鸡鸣一声听三省"的渡口，历史上一直以摆船渡河连接陕豫二省。而如今"渡"址上方早已建成风陵渡公路大桥，一叶扁舟摆渡黄河的场景再也看不到了。

登临凤凰咀上，站在黄河岸边，看看奔流而去的黄河水；远眺潼关，太华、崤函历历在目；不禁感叹逝者如斯，不舍昼夜。我们的向导赵师傅就是距此不远的赵村人，他说当年村里家家户户几乎都是靠黄河摆渡、货运来维持生计的，而今因黄河大桥的建成通车已经全部改行。过去开船的，如今开车跑起了陆路运输；过去开饭店和客栈的，如今也搬离河边码头到镇上交通要道处去继续自己的生意。往日繁华的码头突然间冷清寥落，只有凤凰咀排灌工程的轰轰机器之声还在提醒着人们，这里曾经是热闹的风陵渡。

相传轩辕黄帝和蚩尤战于涿鹿之野，蚩尤作大雾，黄帝部落的将士顿时东西不辨，迷失四方，不能作战。这时候，黄部大将风后献上指南车，给大军指明方向，摆脱困境，终于战胜蚩尤。可惜风后殁于此战，埋葬在这里，后来建有风后陵，这就是这个地名的由来。我请赵师傅带我们到风后陵看一看，他挠挠头，说其实他也不知道准确的遗址所在。

好吧，看不到也没什么，诱惑我此来追寻的传说，本来也不是这个。我是要到风陵渡口去找一段时间，一段遗失多年的时间。那条暗黄的水流和同样暗黄的堤坝肯定有它的遗存，岁月可以带走无数流水，但它肯定还在那里，只要我一出现在月夜的渡口，它就会像月亮一样出现。

风陵渡口初相遇，一见杨过误终身。

只恨我生君已老，断肠崖前忆故人。

河面上的猎猎风声，仿佛从《神雕侠侣》中辗转飘来，令我迷茫。这悠久的惆怅，而今成了永远的绝望，正变成无穷流水滔滔而逝……十五年前，我路过这个渡口时也是夜晚，无人相送，目送我的是风陵渡；十五年后，我回来，停车驻步，云霞如锦，黄河依旧。青春和爱情似乎被封存在此等候我，而我是否可以在这里等待一个人呢？这等待的长度需要十五年吗？这十五年是时间长度上的十五年还是文学意义上的十五年？当郭二小姐在雪夜中踏月而去，她就在黄河的血液中开始轮回。我是回来了，而少年郭襄只有那一次摆渡，就再也不曾回来，她是被不可复制的南宋江湖带走，就此浪迹天涯。

我手里拿着一袋西梅，慢慢地吃着，它凉而酸，像渐黑的黄昏；

远处的歌声隐约飘忽，辨不清是民歌还是什么。我像一个没见过世面的小姑娘，吃着廉价的水果就对这世界满足而热爱。我真的很像天真不谙世事的小姑娘，听着几首歌就疯狂地想要挥霍青春和寂寞。我曾经活在摇滚乐里，活在武侠小说里；但当我终于意识到我不能穿着青衫骑着白马浪迹天涯时，我明白我已经老去，老得像风陵渡口一粒尘埃。有时，我没有爱情，却装作有，我穿着牛仔裤，倨傲地在桥上踢踏，那是走向情人的姿态。有时，我心怀不可告人的爱恋，却装作没有，沿着街边低头快步走过，那是行色匆匆的奔波，让大家看到我如此孤独。我忽然在风陵渡口奔跑起来，仿佛十六岁的天真的郭襄。忽然间，我成了这个无限接近爱情神话的传奇渡口的一部分，黄河在狂奔，大雪在狂奔，月亮在狂奔，整个风陵渡在狂奔，江湖、岁月、爱与恨、生与死，所有的文化与历史之元素都在表里山河中拔足狂奔，像一段飞驰的青春。

我年少的心事早已失落在十五年前的北寨以北，而人近中年的辽远情意，则步步惊心地穿行在此刻的风陵渡。这荒芜的浑浊的暗黄的不舍昼夜的水，这夹着水汽掺着沙砾没头没脑的风；而离我尚远的迟暮情怀，也突然在此地降临：借助阳光，我看到一生过往；借助月色，我洞彻一身悲愁；借助星辰，我明白了我的图案和轨迹。至于我不可触及的黑洞，我把它们扔了吧。那永远无法得到的，让我烦恼让我痛苦的，就让它们随黄河消逝在我生命中——去吧，都去吧。

赏 析

本文主要写"我"在风陵渡追寻一段遗失的往事，流露出纷繁复杂的思想感情：寻而不得的惆怅、无法排遣的忧苦、挣脱烦恼的愿望……

文章先写了风陵渡码头"往日繁华……突然间冷清寥落"的寂寥，又写了"风后陵遗址不可寻"的失落，这就为下文写"往事已不可寻"的惆怅失落奠定了感情的基调。

作者在写"往事寻而不得"这部分时，时空纵横交错，意象繁杂流转，或眼前或过去，或故事中的郭襄或现实中的自己，或叙述或想象，或视野或歌声，黄河、大雪、月亮、江湖、岁月、爱与恨、生与死、失落的年少心事、辽远的中年情意、尚远的迟暮情怀等，意象极为丰富，使人目不暇接。这种"蒙太奇"式的手法，在层出迭现的镜头切换中，体现作者思绪的纷繁变化、情感的起伏波动，给人以强烈的视觉冲击和情绪感染，表现了极为丰富复杂的内涵，耐人寻味。

（张瑞平）

歌声流过石板上

通天峡这个名字让人联想到《西游记》，脑补出一些神奇的场景和异类，仿佛那里暗伏奇遇，只待人前往历险。

河流随山势曲折，石径平洁如洗，壁立的山峰中间夹着粼粼碧水，两岸高山直矗云霄，颜色是泛着淡黄的白，像漂洗旧的竹布长衫；日光照耀，景色秀雅如同江南。不见岩石的地方，均被浓荫覆盖，一片墨绿；奇景当前，瑰丽不可方物。我继续前行，眼前出现一个巨大的水帘洞，铺天盖地的水声轰鸣，右侧山腰有飞流直下三千尺，看不清源头在哪里。这就是天河壶口，登上通天梯，再俯瞰这道天河，犹如上穷碧落下黄泉，茫茫心事不能见。

一只木筏缓缓离岸，我在桥下目送，阳光浮水而下，那个瘦削船工手中的篙吱呀呀地响着，筏上的红衣少女兴奋地叫喊，是晋城口音，尖锐而不失娇媚，如同民乐中的短笛，清亮拔于众声之上。有小桥和小船斜卧在水滨，在白沙中轻晃；一个老人蹲在船边摆弄着一条长绳；突然有哨声和锣声响起，过桥的、乘船的、戏水的、钓鱼的都停下来向那架木台上张望——原来是猕猴寨中的好戏要开演了。我从索桥的竹板上摇摇荡荡地走过，向着几只金色绒毛的小猴子打着手势，它们的眼睛眨巴几下，越过我注目于两个手持香蕉的男孩。

飞瀑湍急，水草在水中摇曳，有成群的小鱼快速穿过乱藻，"参差荇菜，左右芼之"。我脱掉鞋子坐在一块圆石上，石头和流水、树荫一样清凉。岸边是高大的柳树，它们淡红色的根须在水中漂荡，抚摸我的趾头；河水汤汤在我脚上流过，我心里似乎有一点感喟。"仁者乐山，智者乐水"，是否可以解读为山赋我们以美德，水赐我们以智慧？这一抹惊艳的如黛青山在对我诉说，水底碎如流银的白沙也在对我诉说，这一刻我似乎洞明红尘，对世间万物都升起温暖柔软的爱意。

通天峡并非人文历史源远流长的景点，我走在这里，没有看到多少过度雕琢的痕迹，也没听到什么牵强附会的传说，越是这样，越是难能可贵；它以它清水芙蓉的美渗透了我，让我放松心防，化身为一颗尘埃。我看到这不舍昼夜千古向东的碧水，水里的圆石和银沙，还有破碎的落英和腐朽的草木，以及沉默的黑色船骸，它们一起向下游而去。我触摸到一个千古惆怅的名词，那就是：流年。这一段用逝水书写的流年，它除了告诉我们时间永不停息、生命永无休止之外，决不会多说一个字，过去、现在、未来，这条流水上载着的悲欢集体缄默，它与我们无关。

木筏又划了回来，那少女把手拢在嘴边向岸上大叫："心瑶、秀秀，快下来，船可稳，翻不了嘞。"

岸边站起两个女孩，一个略高，穿蓝色蕾丝长裙；一个丰盈娇小，穿黄色运动短衣裤。黄衣女孩大声笑着："我就说嘛，水里好耍。"说着话，不待船靠岸就是一跳，船上的红衣女孩一个趔趄，险些落水，船工一板脸，嘴里咕哝了一长串，大约是抱怨她的鲁莽。两个女孩笑嘻嘻地赔礼，那船工绷着的脸于是便松了；他们仰头望着岸上那个女孩，那女孩踌躇再三，终于没动："我在这边歇一歇，等你们回来。"

船工的长篙一点，木筏又到了河心，红衣的少女仍在叫嚷：

"心瑶、心瑶，你个不够窍，不下来，回的后悔哦。"

"底下有个大泼池哩，真好看。"

一会儿，一切又归于沉静，只听到水流过柳树的根。

岸边的少女低了低头，嘴角漾着笑意，一会儿，她退到柳荫中哼起歌来，这歌却不是流行歌曲，而是此地民歌：

　　……擦白羊
　　……洗衣裳
　　……下下捶在石板上

她唱得低而缠绵，很多词句我听不清楚，只有"石板上""洗衣裳"这几个字音节分明，不知这清甜的歌声为谁而唱。

我在水边立了很久，我盼望那只木筏再划回来，盼望这个长裙少女能入船下水，在流年中高声歌唱。

赏析

本文写了通天峡奇丽纯美的山光水色和少女快乐游玩的情景。前三段边走边看，大笔点染；第四段以后驻足观赏，细处描绘。

在写景中穿插抒情议论，是本文突出的特点，主要表现在观景部分。作者细致描写水草"摇曳"、小鱼"快速穿过乱藻"、柳树根须在水中"漂荡"、石头"清凉"、柳树根须"抚摸"我的趾头等，生动有趣、温柔清新的美景使作者感喟"似乎洞明红尘""对世间万物都升起温暖柔软的爱意"。文章接着写通天峡"清水芙蓉的美"使作者"放松心防，化身为一颗尘埃"，即与通天峡的山水融为了一体。最后写少女玩水、唱歌，具体写了她们的服饰、动作、情态、谈笑、歌声等，这绝不是滥用笔墨。如果说上文是写作者沉醉于美景、与美景融为一体的话，这里就是表现作者想放逐于大自然、纵情山水的愿望，这是感情的进一步升华。

  作者的一些个性感受,包含着深刻的含义。如写"不舍昼夜千古向东的碧水"带走"破碎的落英和腐朽的草木,以及沉默的黑色船骸",暗含着"让流水带走一切旧事物、一切烦恼"之愿望;写"悲欢集体缄默,它与我们无关",其实是在大自然中放松身心后的轻松、释然。

(张瑞平)

板蓝根中见平鲁

一

丁酉的夏末真是令人难忘，平鲁的松树绿得苍翠欲滴，杨柳则是绿中带一点烟青，像雪纺纱；波斯菊乱人眼目，在热到荼蘼的北国朔气中吻着亮银般的阳光。没有沙尘，也没有风，在辽阔的时间里，甚至没有飞舞的昆虫；我忽然感觉古老的朔州像羊群远去的大漠，一座遗失在光阴中的城池。

这是农历六月底，前几天一个闷热的夜里，《朔风》的安文义主编用微信发出一个邀约，请诗友去平鲁观光，我响应号召，想去呼吸朔州之朔风。我起得很早，乘大巴到太原转火车，从朔州站下车，走出车站，向北望去，午后的阳光有如金粉洒在城市上空；安文义已经到了，他叫我往公交站牌下走；果然，走了不远就看到了一辆车。没想到的是安老师如此高大，让小车显得更小；他的驾驶技术与文字一样圆熟流畅，车朝着阳光袭来的方向疾驰。车上还有太谷诗人杨金牛，他和我是坐同一趟列车来的，但是因为事先没有打招呼，竟然一路同行而不自知。出了灰白色的城区，原野上开始绿浪翻滚，绿色中偶尔有肉桂色和淡黄的小房子，里面住着葡萄和苹果的甜美时光，沿途的麦香扑面而来，车轮发出均匀的摩擦声，这是一个美妙的下午。

到达之后，略事休息就是晚餐时间了。很轻松的感觉，见到一个个仅闻名却未曾谋面的文朋诗友。大家或高或低地用不同方言交谈，间或有加微信的声音，也有笑声，菜的味道也如晚风般清爽。杨敏是个英气的女子，神采飞扬，十足的侠女相；她主动喝酒，在等菜的间隙中走到廊下抽烟，我忽然想起《裂缝》中的伊娃格林，帅得无以复加——烟草是一种神秘的物质；畜牧漠北，是让羊去吃百草，吸收到百草精华，人再吃羊。但是，韧性的肉食需要强力的消化，这消解往往要借助催化剂，这个物质可能是咖啡和茶，也可能是烟草和酒，还可能是歌舞和诗。跟这些女伴们在一起，这些形式和内容可以同时享有，实在令人微醺。

二

大巴盘旋在山脉中，一会儿行在谷底，一会儿攀上山梁。夹着水汽的晨风拂入车窗，有清淡的植物气息，也有醇厚的山野味道，其间还有一部分浓烈的金属气味，令人鼻酸。向导说，这是中煤平朔安家岭露天矿。山冈渐平，就看到路面的煤渣和粉灰，有直立的烟囱呈灰色孤独地矗于地面，它指向天空的姿态像一个寂寞的手势，几只乌鹊在稀疏的灌木间咿哑而鸣。我们在三米多高的巨型轮胎前合影，看到列队驶出的重卡，消失在灰白的天际。

汽车又走了几刻钟，便进入如意湖。湖边有设计精巧的台阶和石块错列的小桥，我走上去，杨敏抓拍了一张照片，她在高处，以俯瞰的角度摄下我跨过石面的步子，石下是清可见底的水，我很喜欢。走过浅水，前面的池中有蒲草和睡莲；睡莲如盏，花朵有红白两色，精致娇艳；蒲草碧绿，修长的茎上已经结满毛蜡，在清凉的水泽中摇碎一池涟漪。

太阳终于升入高空。公路在梁上画出一个大弧，层积的石页和断崖忽然消失，前面是一带黄土，丘壑起伏，如龙蛇蜿蜒，破雾而出的白草和砖砾盘旋而来，这就是古长城的遗址。山风有了肃杀之感，我爬上一个小山头，站在峭壁之下，感到整个夏天的暑气顿时消解，风挟旷古的豪迈入怀，朔州在遥远的地平线上，薄而亮的阳光在我四周嘶鸣。

　　从长城下来，我们赶赴乌龙洞。随安文义老师和张元胜主任在滴珠洞前的亭中小坐。有一位本地人，大约是景区的工作人员，给我们讲了很多有趣的掌故。他说这五爷庙里面的五爷，是文殊菩萨的化身，是下凡历劫的，在此出家之后，才云游到五台山；因此五台山的文殊菩萨是从乌龙洞走去的。我笑而不言，喝着滴珠洞中沁凉的泉水，听山风过耳兼品乌龙云雾的清香，心情忽然悠远，渐感光阴百代浩浩汤汤在身侧流过。

三

　　清晨起来，湖风悠然，在明德湖边散心，这湖有在明明德之意。我们去看山庄上养的几条狼，有一条白狼身手矫捷，在一米多高的水泥台上跳上跳下。

　　吃过早饭，来到电影《驴得水》的外景地；该地在山中，芳草鲜美，如一张绿毡托起白色的大钵——这钵是一座石头建筑，用米白的石块砌成。我看了一下简介，它以前是一座雨神庙，后来被改成小学校。墙壁上有斑驳的痕迹：陈旧模糊的壁画、雨水冲刷过的粉痕、缺角的黑板、手抄的"国旗歌"……它让我想起《驴得水》——一部催人泪下的现实主义荒诞喜剧：我不会变成一条披着人皮的驴，但我可以保证驴皮之下跳动一颗人心。我在神殿——或者说教室中待了很久，看窗外漏入的沉静的天光在地面投下暗影。其实真正的驴从未得到心中之水，但它想要挑水的努力永远存在。我因此想到教育、想到

镰刀、想到破碎的眼镜和那个憔悴的姑娘:

> 我要美丽的衣裳
> 为你贴花黄
> 这夜色太紧张
> 时间太漫长
> 我的情郎
> 你在何方
> 眼看天亮
> ……

衣裳在哪里？花黄又在哪里呢？我踱到门外，想找到一曼在下面唱《我要你》的那棵树，但是找不到。这里是边塞通往内陆的地方，风吹草低见牛羊，一曼在这里歌舞，放荡而又纯情，她是不亚于大顺店、陈清扬的女人，是万丈红尘中的曼珠沙华。

四

黄昏的明海山庄有一点凉，中午的烤土豆已经在路上颠没了，我们在小凉亭里坐等烤羊肉。我们坐了一圈谈诗，我忽然发现，温秀丽和史晓华的眼睛都是弯弯的鱼的形状，灵活且明亮，漂亮是没有说的。侯建臣和安源他们在侃小说与时事，更是热火朝天，侃了一会儿，羊肉串上来了，大家一起欢呼。

我在吃上特别执着，吃遍大半个中国，皮相尽毁痴心不改。多么热烈的羊肉串，它的肉质纤维松软，滚烫而浓香，它如今也是我们对于乡土的记忆和有关原野的想象，令人想到草原、山林和绕土屋流过的溪水，信天游揭起红头巾的年少的村庄，如鲜血一样艳丽。

酒也开始喝起来。"高度汾"清如山泉，烈如地火，浓郁的烧烤味与酒香重合，悉心品菜，大杯喝酒，怎一个爽字了得！吃着吃着，就见夕阳从明海湖畔溜溜达达、从容不迫地沿着水平线的台阶走下去。一弯月亮探出头来，象牙色的月光里，山群如淡水墨，峰影重重，水波凝为些许清凉的皮冻，只觉得人在湖底，坐看波纹中荡漾的天光。

我吃着一盘青白相间的野菜，雪白的是土豆圪斗，碧绿的是什么？认不出来，只觉得有一种特殊的清气，人家告诉我，这是板蓝根。半辈子喝了那么多板蓝根冲剂，我还是第一次吃到板蓝根，从来不知道它能吃。板蓝根绿如翡翠，清凉可口，咀嚼它有美妙的滋味；它在针灸我钝重的味觉，让天地之清气在舌尖绽放，它比我通常所见的中药颗粒更为芬芳而美丽。我由此又想到日间所见的文殊化身——从这个意义上讲，我此刻吃到的，是板蓝根的肉身；而平时所喝的，是板蓝根的舍利……它入首楞严三昧，烁金色身，成琉璃像，拯救欲海中的众生，熄灭他们心头的业火。我真是欲辩已忘言。这伟大的、亲爱的板蓝根，如是肥甘满腹，吃这样一盘小菜祛火解毒，那不也是一种度化，一种涅槃吗？我爱板蓝根。

> 我吃到板蓝根是在平鲁
> 它是从《本草纲目》里走出来
> 云游天下的植物
> 它变幻多端，化身千万
> 它从乌龙洞走到五台山
> 在尼枸树下坐莲花台

我生命中不曾错过的佛法
一碟板蓝根中的斑斓根
青花瓷中的一株莲
是文殊的护摩之焰

  夏末的平鲁，九十九眼井、千百万尊佛，白日炽烈的阳光斜照败虎堡中的残垣，黑夜呼啸的朔风舔舐寂寞空旷的街道，只有羊肉和土豆、泉水和板蓝根恒久地弥漫着大漠的气息。攀上北固山，走过博物馆中沉积的时间，看罢一些历史久远的遗迹，在平鲁，短暂的几日逗留，心中风烟俱净。

  我喜欢上木角村那棵葳蕤如榕的巨树，喜欢红山摇曳起伏的荞麦，喜欢大干沟里如火如荼的万亩葵花……无数的掠影，构成平鲁的大俗与大雅，如永不止息的朔风。我喜欢这样浪迹天涯，讲谈文字，指点河山，大快朵颐；一片湖水，数枝蒲苇，几位意气相投的文友，就闪存于记忆之中。从此想念平鲁，会有许多意象铺陈，于我四海飘零的人生，亦有一座小城可以牵挂？我喜欢平鲁，是惊鸿照影的一瞥。

赏析

  本文以人物行踪为线索，主要写了作者在平鲁的所见所闻和独特而丰富的内心体验，展现出平鲁大俗大雅的美。

  展现平鲁的"大雅"之美，主要借助于景物描写。如："睡莲如盏，花朵有红白两色，精致娇艳；蒲草碧绿……在清凉的水泽中摇碎一池涟漪。"运用比喻从外形、情态、颜色等多角度展示睡莲之娇美，表现作者的喜爱之情；"摇"字运用拟人把蒲草写得有了人的主观能动性;"碎"字写出蒲草摆动带起细碎的水纹,既有如诗如画的意境美,又轻轻撩拨人心的欢喜和激动。"夕阳从明海湖畔溜溜达达,从容不迫地沿着水平线的台阶走下去。一弯月亮探出头来……"用夕阳缓缓落下、月亮悄然升起的情态,烘托出作者悠闲自在的心境。再如"公路在梁上画出一个大弧"的"画""窗外漏入的沉静的天光在地面投下暗影"的"漏",都化静为动,妙趣横生。

文中两处写"吃",联想丰富,妙趣横生。第一处由羊肉串的"肉质纤维松软,滚烫而浓香"联想到"乡土的记忆""原野的想象""草原、山林和绕土屋流过的溪水,信天游揭起红头巾的年少的村庄,如鲜血一样艳丽",这些正是老百姓非常熟悉的以平鲁为代表的北方生活画面,是纯朴而大俗的一笔。第二处由板蓝根"清凉可口""芬芳而美丽"的滋味想到"天地之清气",由"文殊化身"想到"板蓝根的肉身"和"板蓝根的舍利",进而达于"吃这样一盘小菜……是一种度化,一种涅槃"的境界,并提炼出一首诗,这就吃出了极为个性的感受,吃出了大雅。

总之,全文美景处处,联想频频,虽写板蓝根中的平鲁而绝不止于平鲁中的板蓝根,于有限文字中蕴含无穷意味。

(张瑞平)

一生痴绝陌上花

一

这是2016年的初冬，晋中祁县，难得的暖阳似淡金色的帘幕垂在我的眼前，飘过青色的砖墙、铁灰的瓦檐，以及墙头的鸱吻和檐上的青苔，将我引入这座古老的院落。

这是一座百年老宅。我跨过高高的门槛走进来，在此之前，我曾多次在网上点击它的照片，对它的样貌有一些印象，我看着这既熟悉又陌生的古旧建筑，轻轻叹了口气。走过门廊，途经照壁，穿过月洞门，登上小楼，沿路的青砖黛瓦温和地向我颔首，我站在栏前向下俯瞰，想起自己曾经游历的许多晋商大院，乔家、王家、渠家、孔家……每一个都是这样的，有着古旧的色泽和气息。

这院落其实不能称之为大院，它只有两进，二十余间房屋，院子是北方常见的四合院样式，透过条石、匾额、砖雕，我看到一列列屋脊上苍翠的瓦松，葳蕤生姿地摇曳，它们让我感受到一种时空错落之美，它们以生命特有的张力在坚硬的屋脊上生长了百年。它们舒展圆润的手指，拈花微笑，注视着院子里一位清癯的老人。

它坐落在祁县古城东廉巷13号，它的前身是大盛魁票号遗址。清代建筑，坐东向西，主院为里五外三两进院，正院为二层古楼，南院为偏院。全院青砖勾缝插飞瓦房，门楼垛口为城堡式建筑，战争年间曾为八路军驻扎。而现在，它叫作：古驼书院。

大盛魁是由祁县人史大学、张杰及太谷王相卿合伙创办；先在杀虎口开"吉盛堂"，于康熙年间改为"大盛魁"，字号设在蒙古国科布多，后迁归化。他们以两地为中心，辗转于辽阔的内蒙古和蒙古国；获得了"大清第一商""南有胡雪岩，北有大盛魁"的美誉。但我叙述的中心并非这些，我要说的是，在这个初冬的上午，我看到一处文化的遗迹，它源起晋商，但主旨却旁开一枝，绽放出艺术的异彩。这一切，都要归功于那位着中式对襟棉袄的老人，他是这重门叠户的院落中一个沉默的剪影。

巨大的创作室中央，条案横陈，笔阵林立，老人抻一抻衣袖，抻一抻宣纸，动作迟缓而萧索；他站在桌边，取笔于砚中蘸了又蘸，四周空旷，他的眼神里有刹那的空茫。如此风雅的所在，他的身影却如此寂寞，这风雅背后，藏着苍凉。是的，无尽的苍凉，当你去做一件需要极大心血的事业，你必须忍受寂寞和苍凉。

这个寂寞的老人，就是书画家、诗人王致和，字古驼，号鯀庐主人。与他的名字相比，我更愿意称他古驼先生。

我在这个梦境一样萧瑟的门楼前走近这位老人，我在游移的光影中跟着他深入冬之核心，我的脚步在空空的青石上激起轻细深微的涟漪，我走了好几圈，我看到阳光寥落，红尘荡荡归于暗室，深锁的门户传来翰墨辽远的余味，百感如潮一波一波涌上来。

我喜欢诗、书、画，从《诗经》看到唐诗宋词，从汉隶看到魏碑，从曹衣出水看到吴带当风，所有的艺术之美都令我心旷神怡，那些千回百转的词句和线条勾画出我的人生底色。年少的时候，我曾经以为诗人和书画家是不食人间烟火的存在；及至成年，我才知道文章憎命达，艺术的人生往往伴随大悲哀和大寂寞；但是艺术家们，会日复一日坚持，在各种命运的宣纸上挥毫泼墨，书写稀世之美，呈于这繁华的人间。这是一种类似于宗教的自我献祭和拯救。

二

　　穿过古驼书院的古典拱式楼门，沉厚的门轴在我身后咿呀而鸣，铁饰凝重，黑漆门扇上有"养厥初心为善最乐，学于古训其道大光"的楹联。拱门上有砖雕门额："古驼书院"，再上是"卍"字锦八角窗，极高处是瓦当滴水装饰，再向上，就是青色的天空。五米深的门道，对面是古典影壁，饰以寿字、花卉、竹节、书卷等文饰，额曰："三多九如"，联云："和风盈紫阁，淑景曜朱轩。"老人告诉我，这副对联是他自己撰写的，头尾嵌入了一家四口的名字：和、淑、轩、阁——相依相携的老伴和出色的一双儿女是他一生的挚爱。说到这里，老人脸上有一闪而逝的骄傲。

　　影壁南侧为圆拱旁门，门对面为二层小楼，二楼匾曰："坐卧松云"，与大门二楼匾"敦厚仁和"遥相呼应。由影壁北侧进入主院，对面斗拱飞檐、兽头争俏的门楼上，有清末民初著名书法家赵铁山书写的"惠迪吉"匾额，笔力遒劲飘逸。抱柱楹联曰："养性求仁，寿当高远；修身以德，天必祚昌。"高耸的二楼檐下是古驼先生书写的"和风淑景"，拙朴凝重，足以镇宅兴业。二楼高达十余米，是祁县县城最高的古建之一，院内窗台都是由或青石或黄石铺成。彩绘虽已脱落，但残痕依稀可见。脊岭、门楼、墀头、石础、檐下、梁檩、额枋上的砖雕木刻错落有致。云纹、回纹、寿字纹，一蔓千枝、二龙戏珠、岁寒三友、四季平安、五福捧寿、六合同春、八仙过海、万事如意……墀头上高浮雕、圆雕、透雕的猫蝶富贵、喜鹊登枝等图案，栩栩如生。特别是主楼脊岭上的几十幅精美的砖雕，无一雷同。更值得一提的是，主楼上下层的窗户，一般都是上下对齐，而此院却呈梅花状错落，国内资深专家说此结构在全国是唯一的，并称之为"叠窗奇观"。此院遂成为"祁县百景"中的重点景观。全院散发着浓郁的文化气息，匾额楹联十分引人注目。"修德延贤""抱素怀朴""肃雍和鸣""乐天伦""得所喜""风雅颂""归去来""长乐""观云""雅量涵高远，清言见古今""小有清闲抱弦怀古、随其斯地修己观人"等等，令人目不暇接。

我在入口处的"两赋"砖雕照壁前驻足良久。两赋是《修身赋》《书赋》，也是老人自己撰写的，然后亲自书写，镌于照壁，每面照壁长6.4米，高3.6米，上面饰以瓦当滴水。每赋约四百字，字大14厘米，字体秀丽，行文流畅。《修身赋》内容为劝人修身积德，和睦处世，报国为民；正文为行楷，配以大篆对联："仁义自修，君子安乐；诗礼之教，家人利贞。"《书赋》内容阐述书法渊源，盛赞书法殿堂，正文用古隶书写，配以行楷对联："纵谈中外翰墨，洞彻古今法书。"

"修身如执玉，种德胜遗金。节比真金铄石，心如秋月春云。种十里名花何如种德，修万间广厦不如修身。德为至宝一生用不尽，心作良田百世耕有余⋯⋯修身者，必读圣贤之书，心存仁义礼智信；深达周公之礼，常怀温良恭俭让。秉天地之正气，感万物之恩德。积才以报国，积德以荫身⋯⋯做事三省，处世九思。直则多失，曲则万成⋯⋯师陶令之超逸，见南山以悠然；效范公之胸怀，念天下之忧乐。栽培心上之地，涵养性中之天。"

这是我在他的《修身赋》中节选的内容，站在一列列深绿的汉字面前，吟诵这古意苍茫的俪句，我有穿越时空的感觉。翰墨书香的气息在冬日中徐徐发散，若隐若现，这里曾吞吐大量的丝绸与毛皮、粮油与金银，它是晋商的发祥地之一，但现在这一切神奇地变换为更为神秘而风雅的艺术，被赋予教化和传承的终极意义，流过院子的时间长河如此湍急，这岁月之河有神奇的沧海桑田之力，我打量着照壁，也打量着这位老人，他不动声色地与光阴合谋，把这些巧夺天工的木石改造、打磨成自己心中的宫殿，并赋予它能量。

三

  周郎大帐苦萦中，刁斗旗惊对冷空。
  铁索连环徒费事，孔明羽扇借东风。

  这是古驼先生的大作，他喜欢古典诗词，这首近体诗用典圆转，格律中正，颇有古风；更为难得的，是其中若有若无的借古喻今之感慨。

  他与诗词的缘分很深，从小就爱好文学，但是真正地开始文学创作是在晚年。他的故乡是祁县，这是曾经诞生过王维、温庭筠的历史文化名城，唐风宋韵沉积在他的血脉里。童年时，他读《千家诗》；少年时，他看李白、杜甫；这点对古典文学的痴迷在他的生命里开枝散叶，并随着他的成长而枝繁叶茂。

  因为家境穷困，他辍学、就业、入伍、转业，数十年奔忙，尝尽世态炎凉；陪伴他的始终是经世诗文中的燕赵悲声。

  几番沉闷念陶公，意绪萦怀五柳中。
  固守寒庐迷老圃，寄情山泽写田风。
  苍民大济平生愿，醉眼无眠旷世空。
  不敢自夸君子节，还从元亮作篱翁。

  他在写陶渊明，也在写自己；陶令之风从五柳之下吹拂至今，是他毕生追随的气节和风度。

  他欣赏奇松怪石，臧否历史人物，指点万里河山，落墨百年风土；一座山、一棵竹，名花倾国、汗青千古。我展卷凝眸，在这些或灵动或沉滞的字句间阅读着一个老人的流年，我看到他斑驳的面容下层叠的皱纹和伤痕，他如银的华发、黑色的斑点和古铜的脸颊……它们以最真实的姿态呈现于我眼前。我不禁想象，一个古稀老人，他的心中有多少梦想和追求，有多少秘密和故事？除去我们知道的，除去他讲述给我们听的，那些说出口的和未能说出口的，那些看到的和看不到的，七十年的时光怎样在他身上流过又怎样洗涤了他的爱与灵魂？

他细声说着他在县委通讯组工作的往事，他说他还写过报道，写过材料，他说那些东西没有意义，只有真正的文学才是人间的正道。一首诗，短短几十个字，但是它的生命力千万倍于那些冗长的官文。他微微抬头，背诵几句自己的得意之作，脸上是孤傲与自矜，有从尘埃中开花的清绝。

宦海归来斑两鬓，一生始觉世情难。
兰亭茧纸愁无限，月影风声耐暮寒。

退休之后，他终于有了自己的时间，开始学习格律，沉迷于自己一向醉心的古诗词，为了几个字的平仄，不厌其烦地向儿女和友人求教；他的梦想开始启航，虽然艰难，但他痴心不改，直到现在，他已经可以写出不俗的诗文，清新而大气，磅礴又沧桑。这些文字辗转于他的生命中，让他越来越老迈的生命越来越香醇，让他越来越黯淡的年轮越来越璀璨——这是多么奇异的衬托与悖论。他的心里开满了花朵，成为又一座古驼书院，在诗为青砖赋作瓦的亭台中找到一条通幽曲径，进入时光深处。

四

主楼书画陈列室入口处悬挂的是《竹林七贤图》，魏晋风情沾衣欲湿。我努力辨认图中人物：玉山倾倒的嵇康、长歌当哭的阮籍、干练沉稳的山涛和身姿秀媚的王戎，每一个人物都栩栩如生，神态各异，与历史中的风貌若合符节。最传神者是烂醉的刘伶，襟袖半脱，头目惺忪，疏狂中带着落寞。我看了一眼，便大致明白了古驼先生的心境，那种众人皆醉我独醒的落寞与疏狂。

画框是实木，光滑洁净，纤尘不染，我走到背光一侧细看，层次更为丰富，线条更为清晰，阮咸沉默不语，向秀露齿微笑。色彩易败，时光易逝，而眼前的竹林是风雅的本体，它再现了魏晋的风流。

我又看到一幅杰作，是《兰亭修禊图》。这是一幅长达十数米的卷轴，画中依王右军原文之意，点染崇山峻岭、茂林修竹，有黄花与赭石，层叠皴裂；也有翠竹和碧波，曲水流觞；几个文士，峨冠博带、交领右衽，注视着水中的蕉叶杯。画卷延伸，我趋步向右，又看见手捧杯盘的侍女和童子，以及骑驴的行人，几头驴或行或立，竖立的大耳有可爱的憨拙。

那个时候，"王羲之们"啸聚兰亭，我无从追寻，他们是在清谈天地玄黄，还是计议北上中原？或者二者兼有，对故国山河的思慕与江南风物的迷恋同等重要。这就是历史，这就是人文……它们以深加工的对自然的大力参与呈现出物哀之美，包括激湍的清流与和畅的惠风，它们为先生的画作注入了永恒的魅力。画轴的上方，参差错落地书写了《兰亭集序》的原文，字体端秀，并不奇巧，是一种温润的美，显示出人与自然、心与天地的水乳交融。

除了这两幅长卷巨制，还有一些小画我也很喜欢，菊花、猫、戏水的鲤鱼我都喜欢，我也喜欢纤瘦的西施和丰润的昭君……斑斓驳杂的色彩构成了一个秘境——画上的朱红印泥我也喜欢，淡黄的绫底我也喜欢……这些美丽的东西在无声地歌唱、狂欢，它不独是一种审美愉悦，更是心境之升华，灵魂之净化，是一种巨大的渲染，让我走进这秘境。

古驼先生说，他画画并非师从名家，年少时，正是国家内忧外患的困难时期，他从临摹雷锋像和列宁像开始学画。他说他喜欢画列宁、斯大林、高尔基，那些高鼻深目的苏联人充满异国风情，可以在画的同时遐想很多不可触摸的东西；而且外国人面部轮廓深刻，特别好画，他画得惟妙惟肖，一大张可以卖三块钱。

我想那是一种什么画呢？用炭条画的，应该算素描？但是它又不是应用光影和线条的原理。算水粉？可它又不用颜料的调配——就是那种时代特有的，白马非马的怪异元素，成就他画作的最初基础；就是那困难时期的食不果腹，让他以画技求生于社会；他一路行来，由工笔而写意，从人物到花鸟，直至金碧山水，绘就七彩人生。

五

正午时分，诗和画的气味越发浓烈，中间夹杂着菜肴的芳香——阿姨特地为我们包了饺子，而我仍然在楼上不肯下来。我在看先生的书法，在他广博的才艺中，我认为还是书法的成就最高。

日已中天，银亮的光从木窗穿入，照在墙壁和条案上，腾起雪色光芒，有庄严的神性之美。我清晰地意识到我来到一个神坛。展室上方，是汪洋的卷轴，有行草、有汉隶、有簪花小楷；有斗方、有长卷、有短短尺幅；有先生自己的诗作，也有名人诗词；我的眼睛扫过这些或端丽或灵秀，或古拙或轻捷的翰墨，似乎感应到它们在争先恐后和我说话。它们是沉默的，它们又是喧哗的；它们是寂寞的，它们又是繁华的。

　　东篱雨后野花香，独步疏园醉月光。
　　最是村姑怜酒客，此时不羡武陵乡。

　　在雨后的疏园中邂逅芬芳的野花，就像生命中要遇见的某件事物、某种机缘，一切随命运的转轮，随清酒的余韵；当夜晚来临，月光洒落，心怀梦想的人在失意中遇到一名天真的村姑，她单纯可爱，不知疾苦，嬉笑着送上一壶浊酒，轻快地跑走了，并不回顾。她带走的和留下的都是武陵的桃花，能听到、看到，也能嗅到。
　　这诗写得真好，这字也写得真好。
　　然而，更令我肃然而生敬意者，还是卷轴下方整齐的碑帖。
　　那是一部汉字的历史。
　　从甲骨文、金文、大篆、小篆，到隶、草、楷、行；各种碑帖，举凡在书法史上地位超卓者，老人都尽可能地搜录、临写，一行行、一队队，整阵而列。法度森严的欧体、端重敦实的颜体，肥美的苏轼体、清奇的怀素体，它们众芳喧妍，它们百舸争渡，《多宝塔碑》发散着书香，《快雪时晴帖》风乎舞雩……书法的历史很长，不是老人这区区斗室可以铺陈，沿着板壁将每一帧法帖都详加观摩，也不用太长时间。但是这数百条幅，每一幅都代表不同的时代、不同的风格、不同的内涵，他要花费多少时间，耗尽多少心力？我不敢奢求懂得深意，只求我心虔诚，就像那些匍匐在朝圣之路上，磕着等身长头的人。
　　老人仍然轻声细语，他说这是他最大的心愿：他想整理书法的历史，解读汉字的奥秘，他不想让祖先留下来的辉煌的文明断裂在现代社会；尽管自己的力量实在微不足道，对于文明的衰落实在杯水车薪，但他真心愿意为此付出所有。我无言以对，我坐在粗粝的木凳上，看墙壁上盛世的繁华，它们是陈年的血，流淌着哀伤，我不知道它们会流淌到哪里，能不能承载老人的愿望。古驼先生说，有几次，人们请他做讲座，有不少听众。说到这里，他像孩子一样兴奋，他说他觉得喜欢传统文化的人还是有的。

是吗？真的吗？

但愿如此。

场景切换，拉回文章开头那一幕，他提腕挥毫，写下四个大字："春风秋水"，他小心翼翼地抚平边角，将字赠我。他神色腼腆，说："春风大雅能容物，秋水文章不染尘。"前一句，先生当之无愧；后一句，我却何以克当？四个大字，沉静的中锋运笔，每一笔都是他怀抱的希望。

六

许多年，我默默地喜欢着诗书画的艺术，但并未见过几个能真正集数者之长于一身，且愿意为之呕心沥血献身于道的人，我在天下行走，于猝不及防间与古驼先生相逢，我乘坐机缘之车在这个上午莅临此地，我和他对话，关于艺术、关于人生、关于文化、关于传承……这是一种梦想成真的至善、至美和真诚。

王轩对我讲述他的艺术和追求。她是他的衣钵传人，一位年轻的女书法家；她是他的女儿，也是他的观众、朋友、知音，这许多年来，她一直用灵魂陪伴着父亲在红尘中的逆旅。她说她有一个伟大的父亲，她说起父亲的付出，敛去活泼的神色，换上凝重的语调。我知道他很辛苦，他的人生与命运所经历的苦痛，让他选择了这种修行，一种虔诚的类似于僧侣的修行。

他在退休之后用毕生的积蓄购得这个院子，当时的院落真的就是名副其实的遗址——它已经遗得快连址都没有了。他把它买下来，一点一点琢磨它、修缮它，它原有的容貌，他留存着；它残缺的肢体，他细心修补，它已经彻底遗失于时空的姿态，他靠自己的想象去完成……他菲薄的退休工资都用来养护这个院子和院子里的一切，甚至入不敷出。他向亲友们举债，省吃俭用一丝一缕编织他心中的梦想。一年又一年，最终它变成了我所看到的这个样子……够了，天上的鲁殿，降落在人间！这已经是一个艺术朝圣者一生的抵达，这实在是我行走三晋最美的遇见。

艺术是小众的事物，尽管它传承着华夏的文明，打造着民族的审美，但它永远不能占领世俗的阵地，随着娱乐行业的甚嚣尘上，阳春白雪越来越边缘化；但是古驼先生却以古稀之龄奔波在这条路上——在古驼书院，一块块青砖和一件件书画，成为古驼老人信仰的载体，通过它们，他从尘世踏入殿堂。书院和老人在漫长的岁月中渐渐合二为一，不可分割，也许它们一直在彼此等待，他在等待它，它也在等待他，等待一个时刻，等待一种机缘，等待一次轮回，等待让它们绽放光芒的流水？

王轩说，用笔墨艺术传承传统文化，没有几个人比她父亲做得更好。是的，我真心地认同。这位可敬的老者，他怕传统文化的缺失会导致文明的衰落，他怕这些祖先的遗存会丢失在这个物欲横流的世上；于是他拖着衰朽之躯，进校园、办讲座、做访谈；他免费接待游客、招收学生，他组织祁县的书法爱好者展示自己的作品，交流大家的心得；他不计得失，长年累月地奔走传道。时间久了，这种传道深入他的骨髓和血肉，他欲罢不能，上下求索。精诚所至，金石为开，他的努力初见成效，古驼书院终于渐显雏形，浮凸光华；抚摸着这一砖一石、一字一画，老人热泪盈眶。

他举债巨万，倾囊打造，他把他集聚了一生的梦想举起来了，他要为人所不能为，他要站上艺术传承的制高点，唤醒那些浑浑噩噩的世俗的魂灵，唤醒他们心中的爱与美，他要实现众生的艺术狂欢。

他孤独地在静室中打坐，我体会到他为此经历的坎坷与艰辛，我们都看不到他付出了什么。他的思考太沉重，他的梦想太庞大，他如此寂寞，他无法不寂寞，我们所有的人，其实都无法与他形影相随；我们只能远远看着他的颠沛奔行，在他路过时扶他一把，如此而已。当他调动所有的心血来为毕生的梦想努力时，我们只能站在路旁遥望，这真是令人长太息以掩涕的无奈。可是尽管我有这样多的感悟，古驼书院外的人流依然无动于衷，车如流水马如龙，多少人在红尘中花月正春风，多少人依然对艺术与文明不屑一顾，我只能悲哀，老人的寂寞日渐深重。

要告别了，又想留下，陌上花开，可缓缓归矣。我转身看向巷道中沉静的门楼和挥手的老人，视线越过青色的墙壁和天空，我看到远处古城中肃穆的长风。青色的风，不动声色地拂过，风的锋刃隐蔽得如同宣纸上的暗纹，它唤起我对那些古风流韵的记忆——我确信有什么事物融入我的思想，它们在我的心之阡陌上开出好看的花，这海拔高绝的、美丽无双的花。

赏 析

本文展示了古驼先生在保护、传承传统文化方面的成果，表现了他对传统文化、理想艺术世界的执着追求，以及为传承文明无私奉献的精神，流露出作者对传统文化不被人重视的喟叹。

文章把古驼先生和古驼书院紧密结合起来写，给我们缓缓打开一幅"陌上花开"之画卷。这朵花,即一朵清绝的传统文化之花,它既是承载着厚重传统文化的古驼书院,也是热爱传统文化、矢志传承文化的古驼先生,他们合二为一,绽放在远离红尘的僻静之地。

记叙、说明、描写、议论、抒情等多种表达方式综合运用,是本文的一大特点。作者对古驼书院进行了大量生动的说明,充分表现了古驼先生在保护和传承传统文化方面的执着追求和奉献精神,是为写人而服务的。作者对古驼先生的诗书画作品,不惜笔墨介绍品评赞赏,彰显了古驼先生深厚的文化艺术造诣。

本文匠心独运,构思严密。作者把现在和过去、现实和想象、不同场景等切换着来写,运用有限的时空和事实,构建出人物最大数量的生活、经验、直觉和思想模型,既侧重表现了古驼先生的突出成就,又巧妙穿插了他的一生经历,让读者获得全方位的、立体的认识。

文章刻画人物突出了神态描写,且自然融于文中,概不刻意。如写古驼先生砚中蘸笔时顺带出他"眼神里有刹那的空茫""身影却如此寂寞……藏着苍凉";古驼先生说到他幸福的家庭时"脸上有一闪而逝的骄傲";古驼先生背诵自己的得意之作时"微微抬头""脸上是孤傲与自矜";古驼先生说到"人们请他做讲座,有不少听众"时"像孩子一样兴奋";他赠我书法时"神色腼腆";他"抚摸着这一砖一石、一字一画"时"热泪盈眶"等。"画龙画虎难画骨",这些神情、神态烘托出古驼先生在不同情境下的思想、情感、境界,由外而内地揭示了人物的精神风骨,可谓神来之笔。

(张瑞平)

在大地上铭刻
——读张玉的散文集《表里山河经行处》

/ 张卫平

在山西散文界张玉是一个独特的存在。她的散文最明艳的地方就是那种有硬度的语言，就像中国北方浩荡的风沙，粗粝、尖锐而又直击你的心灵。张玉生活在黄土高原上一个叫榆社的地方，太行山乱石穿空，浊漳河纵贯南北，是历史上胡汉杂处的重要之地。建立起后赵王朝的石勒就出生在这里。石勒是羯族中的一个豪杰，原是一个奴隶，在乱世中用刀剑砍杀出一个雄霸北部中国的大赵王朝。岁月悠悠，那个不可一世的大赵王国已经消失在榆社山头的蒿草里了，但那曾经的让人血脉偾张的羌笛之音却一直从南北朝流传至今。正如张玉在她的《我在榆社》里写到的：

如果提到故乡，我头脑中首先出现的并不会是有关故土的种种，而是一些神秘缥缈的声音——大漠中孤单的驼铃、落日下凄婉的横笛，以及月夜里一唱三叹的洞箫和城楼上横空出世的笳角，与此相对应的则是一系列零散的画面——比如原野中奔驰的瘦马、江面上飘荡的扁舟、被雨雾打湿的单衫和客栈前暗红的灯笼。

一方水土养一方人，或许正是这种空寂、粗犷、简洁的生活养育了张玉散文语言中特有的风韵和气度。

最早读到张玉的散文是她的《北寨以北》。这是她早期写就的一部散文集，故乡、青春、时间和"我"是这一时期的主旋律。她目光所及的是她走也走不出去的故土。徘徊又徘徊，追寻又追寻，她在不断地叩问中企图找寻到祖先的高度和生命的深意。尽管文中充满了青春期的焦灼、反叛和不安，但文中的语言却显现出了一位优秀散文家所应当具备的那种灵性和张力：

现在这片废墟上生长着一望无际的玉米，每到夏天，玉米碧绿的叶子和油亮的红缨肆无忌惮地生长，似乎在供给废墟以生命。文化与历史在此缄默，只有我独自一人徘徊不已，感受着一份文化消亡时传递出的颓废而凄凉的美丽。我的伯父告诉我，曾经有一年人们在城的遗址挖到一具骷髅，上面嵌有三个青铜箭镞，他认为这里曾有过激烈的战争，是一个古战场，或许是城门所在。伯父热切的目光消解了我一些不好的心境，但随之我陷入更深的空茫。我想，对这泥土细节的关注，对这片已不复存在的城池的相信，是不是只剩下我们两个人？（《北寨以北》）

我在恐惧和慌乱中闭上双眼咬紧牙关，于是我看到在漩涡之上还有一道碧色的桥梁。这是一道破碎的桥梁，它属于前世和来生，生与死的火焰在桥上猎猎燃烧，但我除了这里已无路可走，因为桥的彼端在宋代，那座草木葱茏的终南山。（《似水流年》）

我不想弄得太真实，所以将时代和背景斗转星移。这其实只是一个长篇的一小节，我太用力了。红衣半落，狼藉风雨，让自己多么狼狭。可是看你站在什么样的角度、怎么样去想。宁碎的青春是错乱的青春，唯因错乱，才格外美丽跌宕。谁不曾在梦中醒来，看到无奈的枕中黄粱？（《四季之巅》）

张玉后来还写过一部散文集，名字叫《白羊在地》，我看过其中的一些篇章，如《白羊在地》《甲午笔记·流光二十四拍》《青衣》《一尾名叫张玉的鱼》《蝴蝶梦中家万里》等等，与她的早期著作相比，已经褪去了青涩，语言剔除了不少杂质，对生命的探索和思考也显得深沉了许多。那部散文集是为晋军新方阵准备的，但由于种种原因未能列入其中，张玉没有气馁，从她的北寨走出来，从她的榆社走出来，把眼量放到了更为宏大的三晋大地上。这不是一次简单的行走，她用她的心把每一寸光阴细细地抚过，于是便有了这部洋洋洒洒的《表里山河经行处》。这部散文集收录了她近期创作的三十多篇作品，这些作品一如既往地展示了她对语言的天赋和新达到的修辞高度：

多年以前我在北寨以北的土坯屋里睁着眼睛看着黑暗：我想象自己是一条硕大无朋的鱼，在荒无人烟的黄河故道溯游而上，四面激浪如箭镞击打我的鳞甲，我身下是粗粝的黄沙，河水卷着石块和浮木，我扭动身子避开它们，险滩一个接着一个，我乘着风云翔于浅底，游往龙门的方向。（《吾王不返》）

各地方言在秋天的色彩里浓重地流淌，阳光在尘埃中飞舞，像雪、像落叶、像丝线、像某种意象，最终也化为河流。这些川流不息的事物，其实就是时间，我相信它是有知觉的，它在街道两侧驻足、审视，用带一点探究的眼光打量这浩大的意识流，它沉默地汇入流水

一样的历史,最后流散在城墙、杨柳、钟楼和古道之间,并成为它们的底色。(《一个人的龟城》)

与前两部散文集相比,这部作品的视野更加宏阔,把所审美的对象放在整个中国历史文化背景上来加以判断和思考,显现出不同凡响的格局和气度。王国维先生在他的《人间词话》里开宗明义即阐明"词以境界为最上。有境界,则自成高格,自有名句。五代、北宋之词所以独绝者在此。"叶燮在《原诗》中也谈及,一个成功的诗人必须具备四个条件:胸襟、匠心、材料、语言。张玉迈出了难能可贵的一步:

他徒步穿过狂风暴雨,他看到洪流吞噬五谷,席卷村庄,他站立于高山之巅,看到生灵涂炭的暮春三月。夜色如墨,骇浪如雪照彻天地,狂风灌满他的胸腔,芸芸众生在他脚下蠕动:那些牧人、那些农夫、那些浪子、那些过客,那些兄弟、那些情侣、那些老者、那些婴儿、那些逝者、那些活着的人,最终都在大水中挣扎——这一条被鲜血滋润的、汤汤的大水。

水流可载舟,亦可漂橹;水流可润物,亦可倾城。(《吾王不返》)

走回客栈时,月亮躺在湫水中睡着了,而小镇的夜生活才刚刚醒来:拉三弦的老人咿呀地唱着:"九曲黄河十八弯,宁夏起身到潼关。万里风光谁第一,还数碛口金银山。"百年前的碛口曾经商贸两旺……上千艘木船自北方的河套顺流而下,它们遮天蔽日的帆影在湫水上穿梭。从陕甘宁和内蒙古运来的药材、皮毛、盐碱经此地转运至祁、太、平和晋阳,而东路的布匹、丝绸、茶叶和洋货则沿河北上。

那时候口内的市场卖的东西大半都叫"碛口货",它们成就了一代晋商的汇通天下。我耳边仿佛响着数十年或数百年前人们搬运货物的声音和骡马的叫声,码头上是灯笼和火把,历史在黑暗中明亮起来。(《众里寻他千百"渡"》)。

文学作品呈现的是生活或人性的真相,探索的是人或人类生命的真谛。《表里山河经行处》既是行走的散文,更是对历史、文化、生命的追索和思考。她是在行走,更是在寻找,既寻找历史,更是寻找那个灵魂深处的自己。这是一次灵与肉、物与禅、精神和山水的碰撞与交融。宋代禅宗青原行思大师在谈到禅修的三个境界时说:"看山是山,看水是水;看山不是山,看水不是水;看山还是山,看水还是水。"张玉写的是山水,其实更多的是她自己:

我似乎也成了崔莺莺:我抚琴看月,在枕席、竹荫、西厢的晚风中观摩自己的过去,年少轻狂的过去。属于爱情的一切已经过去,初恋不再,贞操不再,孤勇不再,而时间不离左右。我只能这样活着,只有这些建筑和遗迹,与时间同样永恒,它们陪着我,在心底最幽暗的角落,最柔软最不堪一击的地方,像戴着铜指套的手反复弹拨着那根琴弦。恍惚之间,我再次为贞元十六年那些刻骨铭心的夜晚泪流满面。(《二十年来晓寺情》)

黑夜此起彼伏,月光不胜酒力。我呛咳起来,有一个音符在我心里跳,但是我的嗓子哑了,我张了张嘴,听不见自己的声音,我回头的路消失在灯光里。(《牧童遥指杏花村》)

我年少的心事早已失落在十五年前的北寨以北,而人近中年的辽远情意，则步步惊心地穿行在此刻的风陵渡。这荒芜的浑浊的暗黄的不舍昼夜的水，这夹着水汽掺着沙砾没头没脑的风；而离我尚远的迟暮情怀，也突然在此地降临：借助月光，我看到一生的过往。（《天涯思君不可忘》）

这是一部不可多得的散文佳作。在《表里山河经行处》即将出版之际写下上面的话以示祝贺！也希望张玉能有更美的文章面世。

2020年3月28日于太原

张卫平，1965年生，山西代县人。20世纪80年代开始文学创作，主要著作有长篇小说《给我一支枪》《歌太平——萨都剌》等，散文集《走马雁门》《三垂冈——一代伟人瞩目的古战场》《心中的菩提树》等，影视文学作品有《忽必烈》《浴血雁门关》《血战午城》《保卫人祖山》《特战》《朱德儿童团》《杀山》《今宵别梦寒》《满天星星一颗颗明》《却道天凉好个秋》等。曾获赵树理文学奖、全国优秀剧本奖、夏衍杯电影剧本奖等多种奖项。现任山西省文联副主席、山西文学院院长。

愿此生表里如一（代后记）

《表里山河经行处》是我的第二本散文集，借文集出版之际，感谢北岳文艺出版社给我这个机遇。

我一直是懒惰松散的那种人，对文学、对人生徒有大志却没有付诸实施的行动，过日子就像雪中散步，慢慢地走，把手插进口袋里，眯起眼睛看白雪飘零……去年冬天的一个夜晚，在我散步的路上，谭曙方老师给我的一个电话令我惊喜。年终的大雪停在我背后，我看到雪白的路口烟雾升起，这也许是我文学之路的又一个转折点——在小城榆社，在大雪中央，那样多的喜悦，如同雪花一片一片地降临。

总有一些岁月，行走在山河之中。从二十几岁，我开始陆续地行走；时至今日，青春已逝，我似乎走过很多地方，看过很多风景，也写下很多相关的文字。岁末，我把这几年写的，在各个报纸杂志上发表的游记类作品收集整理，选择出一些篇章，准备搭上这场东风结集出版，算是给这些行旅一个小小的总结。

这本集子取名为《表里山河经行处》，顾名思义，它叙述的是山西——我深爱的表里山河：山西自古就有"表里山河"的称谓，这个称谓最早见诸《左传》，意思是说外有河内有山。它的东部边界，是雄峻的八百里太行山脉，成为黄土高原与华北平原的分界线。西边，是自北而南劈开秦晋的晋陕大峡谷，黄河从此奔流而下，一泻千里。这样的山河天险造就了独特的三晋地域文化，使山西文学一直扎根在广袤的黄土高原之中。我是土生土长的山西人，我的灵魂深深植根于这方土地，唐风晋韵构成我生命的母体，表里山河可以让我一生行走，一生追寻。

我行走在我的山西。地域文化是社会变迁和文化发展的一个重要标志，作为整个中华文明体系的发端和母体，山西文化是一种以农业生产经验为基石的乡土文明和世俗文化，在历史气候变迁与古代王朝的更迭嬗变中，山西文化逐步形成了根源性、原创性、包容性、开放性、基础性等特点，并通过战争、宗教、经济、人口迁徙等方式实现了制度文化和思想观念的融合与升华，进而辐射各地、化民成俗、远播异域。但一般研究视野缺乏文学史的眼光和对整个山西文明发展轮廓的述及。我一直想系统地研究这种文学品种、风格的生成与地域山西乡土世界的联系，或者说我一直认为地域山西和文化山西互为表里，我愿意背负历史、感情去行走三晋，愿表里山河给我勇气。

这本集子中共计"衣锦夜行""雪泥鸿爪""青梅如豆""和光同尘"四辑，收录作品三十余篇，是一部描绘山西自然风光、风俗、风情的讲述我内心情感的作品；是我怀着初心，用这支拙笔，纪实性地为我的故乡和青春立碑作传的文字。集子中所有文章，都已发表过，也许有谬误，也许有不尽人意的地方；但我没有、也不想刻意修改，我要保留这些文字的本来面目，纪念我当初的那份心情，保留一份羚羊挂角的记忆。

嗯嗯，镜头拉回来，继续说我的行走和别离。我想通过这些选出来的篇章构建我自己的"表里"，我想让大家看到一个轮廓清晰的张玉。这里面有她的困顿和光明，悲伤和欢喜。须臾花开，刹那雪乱；我每经行一处，都设想它是我的故乡，最终我明白，行走才是生命的表里。

直到人近中年，我才明白这个道理。

总有一些大雪会降落在它应该出现的路口。

总有一带山河矗立在它浑然天成的表里。

总有一个张玉徘徊在众里寻他千百度的过去。

今天是二月二，己亥年的龙抬头。这是寓意生发之象、吉祥如意的传统节日，这是美好的一天。

我愿此生表里如一。

2019年3月8日